BABA HYLL

MANON STEFFAN ROS

y Lolfa

I 'Nhad am fy arwain drwy goedwig hud Moelyci.
Diolch i holl staff y Lolfa yn enwedig
Meinir Wyn Edwards ac Alun Jones;
I Nic, Efan a Ger am eu hamynedd di-bendraw.

Argraffiad cyntaf: 2013

© Hawlfraint Manon Steffan Ros a'r Lolfa Cyf., 2013
Golygyddion Pen Dafad: Alun Jones a Meinir Wyn Edwards

Comisiynwyd y gyfrol gyda chymorth ariannol AdAS

Cynllun y clawr: Rhys Aneurin

Rhif Llyfr Rhyngwladol: 978 1 84771 454 1

FSC

Cyhoeddwyd, rhwymwyd ac argraffwyd yng Nghymru gan
Y Lolfa Cyf., Talybont, Ceredigion SY24 5HE
gwefan www.ylolfa.com
e-bost ylolfa@ylolfa.com
ffôn 01970 832 304
ffacs 832 782

PENNOD 1

'Wnewch chi ddod i fy nôl i, plis?'

Clywais Mam yn ochneidio yr ochr arall i'r ffôn, ac mi fedrwn ei dychmygu hi'n sefyll dros y stof yn y gegin, un llaw yn troi rhywbeth blasus mewn sosban a'r llall yn dal y ffôn yn dynn at ei chlust.

'Huw... ' dechreuodd, yn y llais 'na sydd ganddi ar ddiwedd y dydd pan fydd hi wedi cael digon ar edrych ar ôl pawb. Ew, mae'n rhaid ei bod hi wedi cael coblyn o ddiwrnod anodd – doedd hi ond yn saith o'r gloch.

'Plis, Mam!'

'Roedd 'na fws yn mynd ugain munud yn ôl! Pam nad est ti ar hwnnw?'

'Dim pres... '

Ochneidiodd Mam eto, ac mi fedrwn glywed llestri'n taro yn erbyn ei gilydd yn y cefndir.

'No we, mêt. Mi ddeudais i wrthat ti'r bore 'ma. 'Sgin i ddim amser i fod yn dacsi heddiw.'

'Ond sut ddo i adre?' llefais, er 'mod i'n gwybod yn iawn beth fyddai ei hateb hi.

'Tri chwarter awr fydd o dros y mynydd. Mae hi'n noson hyfryd, ac mi wneith les i ti.'

Fy nhro i oedd ochneidio. Daria'r bws 'na, yn codi

cymaint am fynd o Fynydd Llandygái i Riwlas! Dim rhyfedd ei fod yn hanner gwag.

'O Mam, plis! Mi olcha i'r llestri ar ôl swper… '

'Mi wnei di hynna beth bynnag, 'ngwas i,' atebodd hithau, a medrwn glywed ei bod hi'n siarad drwy ei dannedd braidd – arwydd ei bod hi'n dechrau colli amynedd go iawn. 'Mi fydda i'n dy ddisgwyl di adre ymhen rhyw awr, felly paid â thin-droi.'

'Eich bai chi fydd hi os ga i fy herwgipio gan ryw ddihiryn ar y mynydd!'

Chwarddodd Mam.

''Sgin ti'm ofn cerdded ar dy ben dy hun, oes 'na? A chditha bron yn dair ar ddeg oed? Bobol annwyl. Arhosa di nes dyweda i wrth Iolo… '

'Nag oes, dim ofn o gwbl,' atebais yn biwis, yn teimlo'n flin ei bod hi'n fy herian i fel hyn. 'Dwi'n mynd.' Pwysais y botwm bach ar y ffôn i orffen yr alwad.

'Ydi hi ddim am dy nôl di, 'ta?' gofynnodd Iolo, a'i gefn ata i. Roedd o'n eistedd ar ei wely a'i goesau oddi tano fel coesau teiliwr, ei fysedd yn brysur yn gwthio a phwyso botymau bach wrth iddo chwarae rhyw gêm. Cythraul lwcus. Ro'n i wedi bod yn swnian ar Mam a Dad i brynu un o'r gêmau hynny i mi ers misoedd, ond doeddan nhw'n gwrando dim. Doedd hi ddim yn hawdd bod yn ffrindiau gorau efo Iolo weithiau, ac yntau wedi cael ei sbwylio'n rhacs gan ei rieni. Dim ond cymryd ffansi at rywbeth fyddai o, ac mi fyddai'n ei gael o'n syth bìn.

'Rhy brysur, medda hi. Yn gwneud be? Mond llnau a golchi a choginio a ballu mae hi'n ei wneud trwy'r dydd.'

Gwthiais yr holl bethau eraill allan o 'mhen i: tyfu'r llysiau yn yr ardd, clirio llanast Dad a minnau, edrych ar ôl Nain gan fod honno'n dechrau ffwndro. Doedd Iolo ddim yn gwrando p'run bynnag – ei geg yn hanner agored, yn syllu ar y sgrin fel peth gwirion.

'Be wnei di'n hwyrach heno?' gofynnais yn obeithiol, gan groesi 'mysedd y byddai'n cynnig y cawn i aros dros nos yn ei dŷ fel y gwnes i droeon dros wyliau'r haf. Roedd aros yn nhŷ Iolo yn grêt. Mi fyddai ei fam yn dod â siocled poeth a bisgedi i ni cyn mynd i'r gwely, ac yn gadael i ni wylio DVDs tan berfeddion.

'Mynd i'r pictiwrs, dwi'n meddwl,' ochneidiodd Iolo. Daliais fy ngwynt mewn gobaith am nad own i wedi bod i'r pictiwrs ers hydoedd! ''Sgin i ddim lot o fynedd. Dwi 'di gweld y ffilm ddwywaith o'r blaen.'

Codais oddi ar y llawr mewn diflastod. Doedd ganddo ddim syniad pa mor lwcus oedd o. 'Dwi'n mynd 'ta.'

Am unwaith, trodd ei lygaid oddi ar y sgrin ac ata i. 'Be, ti'n mynd i gerdded?'

Nodiais.

'Mynd rownd wnei di?'

Ysgydwais fy mhen. Mi fedrwn i, wrth gwrs, gerdded o gwmpas y mynydd oedd rhwng fy nghartref i a chartref Iolo, ond mi fyddai hynny'n cymryd ddwywaith cymaint o amser.

'Ti byth am fynd drwy'r goedwig a hitha'n nosi?!' meddai mewn syndod.

Sgwariais rhyw fymryn, yn gwybod yn iawn am beth roedd o'n sôn. 'Yndw siŵr! 'Sgin i'm ofn rhyw betha gwirion fel 'na… '

Wffiodd Iolo. 'Ti'n nyts.'

'*Chdi* sy'n nyts,' atebais yn hyderus. 'Does dim ots gen i beth maen nhw'n ei ddweud am y goedwig, Iolo. Does 'na'm ffasiwn beth â gwrachod.'

'Dwi'm yn deud mai gwrach sydd yna. Ond ma 'na rwbath yn wiyrd am y lle. Deuda di be lici di, ond ma 'na lwyth o bobol y pentre 'ma'n gwrthod mynd yn agos at y goedwig. A tydw i ddim yn sôn am blant. Hen ddynion, rhai ohonyn nhw…'

''Dan ni'n byw yn y byd go iawn, Iolo, nid mewn rhyw ffilm gartŵn i blant bach.'

'Dwi'n gwybod hynny, siŵr iawn.'

Trodd Iolo yn ôl at ei gêm, ond medrwn weld ei fod o'n dweud celwydd. Roedd arno fo ofn, yr hen fabi clwt! Mi fyddai'n rhaid i mi gofio dweud wrth yr hogiau eraill yn yr ysgol pan fyddai'r tymor yn ailddechrau. Er mai fo oedd fy ffrind gorau, roedd Iolo'n haeddu ychydig o dynnu coes. Mi fyddai hynny'n talu'r pwyth yn ôl iddo am beidio â 'ngwahodd i fynd i'r pictiwrs efo fo! Gadewais yr hen lwfrgi i chwarae ei gêm, a'i heglu hi i lawr y grisiau.

'Mynd adre, Huw?' meddai mam Iolo. Roedd hi'n gwylio rhyw raglen gwis ar y teledu ac yn peintio ewinedd ei thraed yn binc llachar ar yr un pryd.

'Yndw. Diolch yn fawr am y cinio a'r te bach,' meddwn, gan gofio'r sglodion main a'r darnau cyw iâr roedd hi wedi'u gosod fel mynydd o'm blaen i ginio. Chwarae teg iddi, roedd hi'n sbwylio ffrindiau Iolo hefyd, diolch byth.

'Ydi dy fam yn dod i dy nôl di?' gofynnodd, gan gymryd cip drwy'r ffenest i chwilio am gar rhydlyd Mam. Ysgydwais fy mhen.

'Rydw i am gerdded dros y mynydd. Fydda i ddim chwinciad... '

'O!' atebodd mam Iolo, fel petawn i newydd regi. 'Ar dy ben dy hun bach?'

'Mae hi'n noson braf,' atebais. 'Fydda i ddim chwinciad, wchi.'

'Ond... drwy'r goedwig. Ar dy ben dy hun... '

Ew. Mi fyddai rhywun yn meddwl bod y goedwig roedd hi'n sôn amdani yn filltiroedd o hyd, efo pob mathau o ddynion drwg, neu anifeiliaid gwyllt, peryglus yn llechu yno. Coedwig gymharol fechan oedd hi, yn gorchuddio ochr mynydd Moelyci. Ro'n i wedi cerdded drwyddi ganwaith... er, erioed ar fy mhen fy hun o'r blaen, ac yn sicr nid a hithau'n dechrau tywyllu, ond nid plentyn bach o'n i bellach!

'Mae 'na rywbeth am y goedwig yna,' meddai mam Iolo wedyn, a golwg bell yn ei llygaid. 'Rhywbeth od… rhyw awyrgylch anghynnes. Mae 'na lawer o bobol y pentre 'ma yn tyngu eu bod nhw'n clywed synau'n dod o 'na ynghanol y nos. Sgrechian, weithia…'

'Tylluanod,' esboniais. 'Mae o'n gamgymeriad hawdd i'w wneud.'

'Anifeiliaid yn mynd ar goll, ffermwyr yn colli defaid…'

'Llwynogod! Maen nhw'n bla.'

Ysgydwodd Mam Iolo ei phen, a'i gwallt melyn yn crynu wrth iddi wneud. 'Wsti, pan o'n i yn yr ysgol, roedd 'na hanesion am ryw hen wrach oedd yn… '

Chwarddais. 'Baba Hyll 'dach chi'n feddwl? Maen nhw'n dal i sôn amdani rŵan, fel tasa hi'n berson go iawn!'

Brathodd mam Iolo ei gwefus yn betrus. 'Ddyliwn i ddim bod yn siarad am hyn, yn codi ofn arnat ti cyn i ti orfod cerdded drwy'r hen le yna… '

'Does arna i ddim ofn, siŵr! Dwi bron yn dair ar ddeg oed. Tydw i heb goelio mewn gwrachod na'u tebyg ers blynyddoedd.'

'Roedden nhw'n dweud y byddai hi'n gwylio pawb fyddai'n cerdded drwy'r goedwig â'i un llygad mawr hyll. A bod ganddi fwclis o esgyrn… '

Chwarddais eto, er 'mod i'n ysu, mewn gwirionedd, am iddi gau ei cheg bellach. Nid 'mod i'n llwfrgi, dalltwch, dim o gwbl. Ond byddai'n rhaid i mi gerdded drwy'r goedwig ymhen ychydig, a doedd dim gwadu bod coedwig yn lle digon dychrynllyd wrth iddi ddechrau nosi, hyd yn oed i rywun fel fi...

'Gwell i mi fynd, neu bydd Mam yn meddwl lle'r ydw i.' Gwenodd mam Iolo, a throi ei sylw yn ôl at ewinedd ei thraed.

Roedd hi'n noson hyfryd o haf, ac edrychai pentref Mynydd Llandygái fel paradwys. Mewn llecyn gwastad ynghanol y mynyddoedd, medrai'r lle fod yn llwm yn y gaeaf, ond nid heddiw. Roedd chwarel lechi'r Penrhyn ar un ochr, a hanner y mynydd wedi'i gloddio oddi yno, fel petai bom wedi rhwygo'r lle'n ddarnau. Ar yr ochr arall, roedd Moelyci, ac ar yr ochr arall i fan'no, gorweddai pentref Rhiwlas. Adre amdani. Ro'n i wedi cwyno sawl tro fod Iolo'n byw'r ochr arall i'r mynydd, ond ro'n i'n falch mai yn Rhiwlas ro'n i'n byw. Medrai rhywun weld yr holl ffordd i lawr i Fangor a thros Ynys Môn o'n tŷ ni, ac roedd 'na ddigon o gaeau a nentydd bach o amgylch y pentref i 'nghadw i'n brysur. Cefais feic mynydd yn anrheg Nadolig, ac roedd llwybrau cul Moelyci a Rhiwlas yn llefydd perffaith i ymarfer gwibio ac i ddechrau ennill hyder drwy neidio dros foncyffion. Mi fedrwn i ddisgyn yn fanno heb i neb fy ngweld i.

Bechod na fyddwn i wedi dod â'r beic efo mi

heddiw, meddyliais wrth gerdded i fyny'r lôn fach tuag at Foelyci. Mi fyddwn i wedi medru beicio adre ymhen fawr o dro.

Doedd arna i ddim ofn o gwbl wrth gerdded drwy bentref Mynydd Llandygái. Ond mae'n rhaid i mi gyfaddef, wrth i mi droi oddi ar y lôn a dilyn y llwybr bach drwy'r giât am y goedwig 'mod i ychydig yn fwy petrus, yn arbennig wrth i'r giât wichian, a swnio'n union fel hen ddynes yn ebychu'n filain. Oedais am eiliad, fy llaw yn dal ar y giât. Rhaid i mi reoli fy nheimladau a pheidio â bod mor ofnadwy o wirion. Ar fam Iolo roedd y bai, wedi bod yn hel hen hanesion gwirion fel 'na am Baba Hyll. Doedd dim rhyfedd fod Iolo mor ddi-asgwrn-cefn, a chanddo fam fel 'na.

Dechreuais gerdded ar hyd y llwybr, fymryn yn fwy hyderus rŵan, ond eto mi es ati i synfyfyrio braidd.

Doedd dim dwy ddynes yn y byd yn fwy gwahanol i'w gilydd na fy mam i a mam Iolo. Petai'r ddwy mewn ystafell gyda'i gilydd, er mai anaml iawn y byddai hynny'n digwydd diolch i'r drefn, ro'n i'n siŵr na fyddai ganddyn nhw fawr i'w ddweud wrth ei gilydd.

Cymerwch fam Iolo, a hithau yn ystod y prynhawn wedi bod yn gwylio'r teledu ac yn peintio ei hewinedd ar yr un pryd. Byddai ei gwallt melyn yn berffaith daclus bob amser a phob dilledyn a wisgai yn smart ac yn lân. Mae'n rhaid ei bod hi'n treulio hydoedd bob dydd yn gwneud yn siŵr ei bod hi'n edrych yn ddel. A chwarae teg iddi, roedd hi'n llwyddo, hefyd. Fyddwn i byth yn dweud hynny wrth Iolo, wrth gwrs, ond dwi'n meddwl mai ei fam o oedd y ddynes ddelia i mi ei gweld mewn cig a gwaed erioed. Roedd hi fel rhywun ar y teledu, yn denau, yn dwt ac yn eithriadol o brydferth.

Tydw i ddim yn meddwl i Mam beintio ewinedd ei thraed erioed. Does ganddi ddim amynedd o gwbl defnyddio colur. 'Nid darn o bapur ydw i. Pam fyddwn i eisiau peintio fy hun?' Roedd hi'n byw mewn jîns a hen grysau-t Dad, ac enwau hen fandiau o'r wythdegau drostyn nhw. Gadawai i'w gwallt tywyll fritho heb gysidro'i lifo, a byddai'n ei glymu'n ôl mewn cwlwm ar ei phen bob dydd i'w gadw rhag syrthio dros ei llygaid. Yn amlach na pheidio, byddai ei dillad yn llawn staeniau – staeniau bwyd, hylif glanhau neu bast dannedd. Ac weithiau, mi fyddai'n gwisgo'r un crys-t am dridiau'n olynol.

Ar y llaw arall, mi fyddai mam Iolo weithiau'n newid ddwy neu deirgwaith y dydd yn ôl y galw.

Roedd fy mam i a mam Iolo nid yn unig yn edrych yn wahanol i'w gilydd ond roedd ffyrdd y ddwy o fagu eu meibion hefyd yn hollol wahanol. Welais i rioed neb yn cael cymaint o anrhegion â Iolo. Er bod ganddo glamp o lofft fawr, roedd o hefyd wedi cael ystafell arall yn ei dŷ fel 'ystafell gêmau', efo silffoedd ar silffoedd o deganau, gêmau a dillad newydd sbon. Prin y byddai o'n sbio ar eu hanner nhw, ac er cymaint oedd ganddo, roedd ei rieni'n dal i roi ugain punt yn bres poced iddo bob wythnos. Ugain punt! Ac weithiau, byddai'n cael cildwrn gan ei nain hefyd.

Doedd pethau ddim fel 'na yn ein tŷ ni, gwaetha'r modd. Llofft fach gyfyng oedd gen i, gyda digon o le i wely cul a chwpwrdd dillad. Roedd pob gêm, pob tegan, pob llyfr oedd gen i'n gorfod cael eu cadw mewn bocsys o dan y gwely. Nid bod gen i ryw lawer, chwaith. Roedd Mam yn casáu gwastraff a dim ond yn fodlon cael pethau ro'n i wir eu hangen. Pan welwn rywbeth y byddwn yn ei ffansïo, byddai'n rhaid i mi gynilo 'mhres poced i'w brynu o, a dim ond deg punt yr wythnos a gawn i. A pheidiwch â meddwl am eiliad nad o'n i'n haeddu hynny. O na. Tâl oedd o, yn fwy na phres poced. Tâl am wneud yr holl bethau bach o gwmpas y tŷ: golchi'r llestri bob nos; hŵfro'r lolfa a'r gegin ar brynhawn Sul; cadw'r gwely llysiau yn glir o chwyn; cweirio fy ngwely BOB BORE a glanhau fy llofft unwaith yr wythnos. Doedd y peth ddim yn deg o gwbl.

Ro'n i wedi sôn wrth Iolo am hyn rywdro, ond edrych arna i'n wirion wnaeth o.

'Dwyt ti byth yn gorfod gwneud hynna i gyd am ddeg punt yr wythnos?' meddai'n syn.

Nodiais yn brudd. 'Dydi o ddim yn deg. Mae Mam yn mynnu 'mod i'n gwneud pob dim.'

'Dydi'r peth ddim yn swnio'n iawn o gwbl i mi,'

meddai Iolo. 'Does dim rhaid i mi wneud dim byd adre.'

'Be, dim byd o gwbl?'

Ysgydwodd Iolo ei ben. 'Nac oes siŵr. Rydw i'n gweithio'n ddigon caled yn 'rysgol… '

'Nac wyt, ti ddim,' torrais ar ei draws a rhoi gwên fach slei.

Un diog ofnadwy oedd Iolo, mewn trwbwl byth a hefyd am beidio â gwneud ei waith cartref.

'Wel… nac ydw,' cyfaddefodd a gwenu'n gam. 'Ond does dim rhaid i Mam wybod hynny, nag oes?'

Ro'n i wedi sylweddoli'r diwrnod hwnnw cymaint roedd ei fam yn ei wneud dros Iolo. Hi fyddai'n rhoi past ar ei frws dannedd ddwywaith y dydd; yn cweirio ei wely ac yn cau'r llenni cyn iddo fynd i glwydo; yn rhoi'r jam ar ei dost, ac yn tollti ei rawnfwyd i'r bowlen bob amser brecwast. Byddai hi hyd yn oed yn llenwi'r bath iddo ac yn tollti swigod bach oglau da bob gyda'r nos.

Y cythraul lwcus.

Dyma oedd ar fy meddwl wrth ddringo'r llwybr ar fynydd Moelyci wrth agosáu at y goedwig, ac mae'n rhaid i mi gyfaddef bod fy eiddigedd at Iolo wedi tynnu'r min oddi ar fy ofn o gerdded drwy'r goedwig. Ond pharodd hynny ddim yn hir.

Wrth i mi fynd drwy'r giât mochyn a arweiniai at y goedwig, sylwais ar rywbeth main, cam ar y llawr o'm blaen. Plygais i gael gwell golwg arno.

Asgwrn. Asgwrn bychan, gwyn, yr un maint a siâp â…

Crynodd fy stumog, a chymerais gam yn ôl. Roedd yr asgwrn yn debyg iawn i asgwrn bys.

PENNOD 2

Wrth gwrs, fedrai o ddim bod yn asgwrn bys. Dyna ddywedais wrthyf fi fy hun wrth sefyll ynghanol y llwybr i'r goedwig. Asgwrn rhywbeth arall oedd o. Ffau o lwynogod – rheiny oedd yn dwyn y defaid o'r caeau. Nhw oedd yn gyfrifol, mae'n siŵr. Ia, dyna ni, rhyw ddarn o asgwrn dafad oedd o.

Cerddais ar hyd y llwybr, gan drio anwybyddu'r ffaith fod fy nghalon yn drymio'n uchel dan fy nghrys-t. Ew, mi fyddai Iolo wedi chwerthin petai o wedi 'ngweld i. Ro'n i wedi hen arfer â phasio hen esgyrn ar lwybrau'r mynydd, a fyddwn i ddim wedi meddwl ddwywaith amdanyn nhw fel arfer. Mae'n rhaid bod mam Iolo wedi cael rhyw effaith arna i wrth siarad am Baba Hyll. Hen lol, meddyliais gyda gwên nerfus, a brasgamu i mewn i'r goedwig.

Roedd hi'n noson braf a finna wedi bod yn gynnes yn fy nghrys-t drwy'r dydd, ond wedi gwisgo siaced cyn cerdded am adre. Wrth i mi groesi o'r cae i gysgod y goedwig, daeth cryndod drosta i er nad o'n i'n teimlo'n oer. Oedais am eiliad gan edrych o'm blaen.

Ymestynnai'r llwybr ymhell rhwng y coed, yn ddwfn i dywyllwch y goedwig. Doedd dim symudiad, dim smic o sŵn i'w glywed. Edrychai'r goedwig yn hollol farw. Cymerais gip y tu ôl i mi, a gweld Mynydd Llandygái yn edrych mor hyfryd yn haul ola'r dydd, ac adar bach yn hedfan o goeden i goeden. Edrychai gymaint yn fwy croesawgar na'r goedwig.

Llyncais fy ofn, a cherdded i mewn i grombil y goedwig.

Peth rhyfedd ydi ofn, yntê? Petai Mam neu Dad efo fi, neu Iolo hyd yn oed, fyddwn i ddim wedi meddwl ddwywaith am gerdded drwy'r goedwig. A dweud y gwir, byddwn i'n arfer mwynhau dod am dro'r ffordd hyn. Roedd rhywbeth cyffrous am lonyddwch y lle, rhywbeth hudol. Ond nid hudol a chyffrous oedd o pan o'n i ar fy mhen fy hun, yn arbennig a hithau'n dechrau nosi. Rhaid cyfaddef ei bod hi'n ddigon dychrynllyd. Roedd cysgodion hirion y coed dros y llwybr fel ysbrydion, a'r gwreiddiau a dyfai o'r ddaear fel bysedd hen wrach.

Gwnes fy ngorau i fod yn ddewr ac i beidio â meddwl am hynny.

Paid â bod yn wirion, Huw, meddwn yn dawel wrthyf fi fy hun. Rwyt ti'n llawer rhy hen i goelio mewn gwrachod. Ac mi wyt ti wedi cerdded drwy'r goedwig yma droeon, heb weld unrhyw beth dychrynllyd erioed...

Rhewais yn fy unfan wrth glywed sŵn.

Trois i edrych, ond fedrwn i weld dim byd. Sŵn

rhywbeth yn torri oedd o, fel brigyn sych yn chwalu dan droed rhywun.

Am eiliad, dychmygais droed noeth, grebachlyd, ac ewinedd hirion, budr yn camu dros y pinwydd ar lawr y goedwig...

Na, hen lol. Roedd synau fel 'na'n digwydd yn aml mewn coedwig a pheth gwirion oedd mynd dros ben llestri a gofidio amdanyn nhw. Dechreuais gerdded eto, yn gynt. Gwnes fy ngorau i feddwl am bethau heblaw bwystfilod ac ysbrydion dychrynllyd, ond ew, digon anodd oedd hi. Ro'n i wedi clywed cymaint am Baba Hyll dros y blynyddoedd.

Byddai Mam, hyd yn oed, yn sôn amdani, er mai wfftio'n ddi-lol a wnâi hi a mynnu mai siarad gwag oedd y sôn am hen wrach y goedwig. Mae'n debyg iddi hi glywed amdani pan oedd yn hogan fach yn yr ysgol, a'i bod wedi creu ofn am ei bywyd arni bryd hynny. Anodd dychmygu Mam ac arni ofn am ei bywyd am unrhyw beth, yn enwedig hen chwedl fel Baba Hyll.

'Be glywsoch chi amdani wnaeth godi ofn mor ofnadwy arnoch chi, Mam?' gofynnais un tro wedi i ni fod am dro drwy'r goedwig.

'Wel,' dechreuodd Mam, gan lenwi'r tegell a rhoi llond llwy de o bowdr coffi mewn mỳg. 'Mae'n rhaid 'mod i tua saith oed pan aeth un o'r genod o 'nosbarth i ar goll.'

'Ar goll?' gofynnais yn gegrwth, yn trio dychmygu'r ffasiwn beth yn digwydd rŵan.

Nodiodd Mam.

'Ond nid jest hi. Ei mam hi hefyd. Dim ond y ddwy ohonyn nhw oedd yn byw yn un o'r tai ar y stryd uchaf, ac un diwrnod, wnaeth Janet ddim dod i'r ysgol. Ar ôl ychydig ddyddiau, aeth rhywun i holi amdani, a chael ei bod hi, a'i mam, wedi diflannu'n llwyr o'r tŷ, ac o'r pentre. Roedd pawb yn adrodd rhyw hen straeon, wsti, gan eu bod nhw wedi mynd heb ffarwelio â neb, a ddim wedi sôn wrth neb eu bod nhw'n bwriadu gadael.' Tywalltodd Mam ddŵr poeth i'w phaned, a'i hwyneb yn fyfyrgar. 'Mi ddechreuodd pobol ddweud mai Baba Hyll oedd wedi cipio Janet, a bod ei mam wedi mynd ar ei hôl hi i chwilio amdani. Yn y diwedd aeth y ddwy ohonyn nhw i grafangau Baba Hyll.' Chwarddodd Mam. 'Glywais ti rioed y ffasiwn lol?'

'Ond lle aethon nhw?' gofynnais yn daer. Sythodd gwên Mam. 'Dwn i ddim. Wedi gorfod symud tŷ yn sydyn, mae'n siŵr, ac wedi anghofio dweud wrth yr ysgol eu bod nhw'n bwriadu symud. Yn sicr, gawson nhw ddim eu cymryd gan hen wrach y goedwig… '

Ddywedais i 'run gair, ond fedrwn i ddim peidio â phendroni a meddwl am helynt Janet a'i mam. Doedd pobol ddim yn diflannu fel 'na, nac oedden? Doedd pobol ddim yn symud tŷ heb ddweud wrth neb chwaith!

'Beth arall maen nhw'n ei ddweud am Baba Hyll?' gofynnais wedyn.

'Wel, yn ôl y chwedl pan o'n i'n fach – a chwedl ydi hi, Huw. Paid ti â dechrau meddwl bod 'na wirionedd yn yr hen lol yma – herwgipio pobol i'w bwyta nhw roedd hi.'

'Eu bwyta nhw?' Aeth rhyw gryndod drosta i.

'Ia! Ond, wel'di, dyna'n union sy'n gwneud i mi goelio mai stori ffug ydi hi.'

Codais fy aeliau.

'Wel, os ydi hi'n bwyta pobol, mi fyddai degau o bobol wedi diflannu o'r goedwig, yn bydden nhw? Mi fyddai pobol wedi sylwi! Ac, a dweud y gwir yn onest wrthot ti, rhai digon main oedd Janet a'i mam. Fydda 'na ddim llawer o gig i'w gael ar y ddwy, yn saff i ti.'

Edrychais ar Mam yn rhyfedd pan ddywedodd hi hynny. Do'n i erioed wedi meddwl am fy ffrindiau ysgol ac wedi ystyried faint o gig oedd arnyn nhw, ond dyna fo, dyn a ŵyr sut roedd meddwl Mam yn gweithio.

'Mae'n rhaid bod 'na ryw wirionedd i'r stori,' meddwn yn bendant, er nad o'n i eisiau coelio hynny go iawn. 'Does 'na ddim mwg heb dân, nag oes?'

'Efallai dy fod ti'n iawn,' nodiodd Mam, er mawr syndod i mi. Ro'n i'n sicr y byddai hi wedi wfftio at y ffasiwn syniad. 'Mae'n siŵr gen i bod hen wraig yn byw mewn tŷ yn y goedwig, ar ei phen ei hun, amser maith yn ôl. Efallai ei bod hi'n gwisgo het ddu a bod ganddi ddafad fawr hyll ar ochr ei thrwyn, ac un dant brown yn ei cheg. Ac mi fyddai ar blant y pentref ei hofn hi ac wedi creu rhyw stori ei bod hi'n bwyta plant bach ac yn gwneud castiau ynghanol y nos... Druan ohoni.' Ochneidiodd Mam, fel petai'n adnabod yr hen ddynes yn iawn.

Mam oedd yn iawn, meddyliais, wrth drio cerdded yn gyflymach drwy'r goedwig. Hen ddynes fyddai wrth wraidd yr holl straeon, a hithau'n ddiniwed ac wedi hen farw erbyn hyn.

Ac yna, daeth sŵn i dorri ar draws tawelwch y goedwig. Sefais yn stond, fy anadl yn drwm a chwys oer yn golchi i lawr fy nghefn.

Sŵn tincial, fel clychau bach yn dawnsio yn yr awel. Sŵn tebyg i'r tincial a wnâi'r pibau bambŵ oedd gan Mam yn hongian yn yr ardd wrth iddyn nhw daro yn erbyn ei gilydd mewn gwynt. Ond doedd dim awel yn y goedwig. Roedd hi'n hollol lonydd.

Rhoddais fy llaw ar fy nghalon mewn ofn. Rhaid bod rhywun arall yma yn y goedwig yn creu'r sŵn.

Peidiodd y sŵn yr un mor sydyn ag y dechreuodd, a baglais innau ymlaen ar y llwybr, yr ofn yn dechrau corddi yn fy stumog. Fedrwn i ddim rhesymu rhagor. Fedrwn i ond gwneud un peth sef canolbwyntio ar gyrraedd adref cyn gynted â phosib, a thrio anghofio am bob dim arall.

Bu bron i 'nghalon i stopio wrth i sŵn arall ddod o

ochr y llwybr. Y tro hwn, gwaeddais mewn dychryn, ond dim ond brân oedd yno, a chododd honno'n swnllyd o'i chuddfan mewn pentwr o nodwyddau pîn a hedfan i ffwrdd. Arhosais am ychydig, i gael fy ngwynt ataf.

Paid â phanicio, Huw, meddwn wrthyf fy hun yn dawel. Mi fyddi di adre ymhen dim. Jest rhyw anifeiliaid sydd yma, yn byw eu bywydau'n naturiol, adar a llwynogod a...

Dechreuais gerdded eto, gan drio troi fy meddwl at bethau eraill, at bethau llai brawychus: meddyliais am Iolo, a'r gêm roedd o'n ei chwarae: y cinio blasus wnaeth ei fam o i mi heddiw: beth i'w brynu â phres poced dydd Sadwrn. Gwnes fy ngorau i ganolbwyntio arnyn nhw, ond doedd dim pwynt. Dal i ddrymio wnâi fy nghalon a rhaid oedd tynnu anadl yn aml. Cymerai bob owns o hunanreolaeth i mi roi un droed o flaen y llall.

Ty'd, dwyt ti ddim yn coelio mewn gwrachod, meddwn dan fy ngwynt, drosodd a throsodd, a thrio cerdded i rythm y geiriau.

Dydw i ddim yn coelio mewn gwrachod...

Dydw i ddim yn coelio mewn gwrachod...

Wrth gwrs nad o'n i. Beth allai fod yn ddychrynllyd am hen ferched, waeth pa mor hyll oedden nhw, na pha mor hir a phigfain oedd eu trwynau? Doedd dim byd dychrynllyd go iawn am y gwrachod a welswn mewn ffilmiau, na'r rhai y darllenais amdanynt mewn llyfrau… Rhywbeth y byddai pobol yn eu dynwared ar Noson Galan Gaeaf oedden nhw, a ddim tamaid yn fwy dychrynllyd na hogyn bach â chynfas wen ar ei ben, a dau dwll wedi'u torri allan i ddynodi llygaid. Meddyliais am y wrach a welswn dros y Nadolig mewn rhyw hen ffilm gartŵn: dynes fain mewn ffrog laes ddu, a digon o golur ar ei hwyneb gwelw i wneud i rywun feddwl ei bod hi ar ei ffordd i barti. Doedd y bysedd esgyrnog na'r het big ddim yn ddigon i'w gwneud hi'n ddychrynllyd.

Dechreuais deimlo fymryn yn well, er i mi ddal ati i ailadrodd y geiriau, 'Dydw i ddim yn coelio mewn gwrachod… Dydw i ddim yn coelio mewn gwrachod…' wrth i mi gerdded.

Ro'n i bron hanner ffordd drwy'r goedwig pan welais i'r llygad.

Baglais dros fy nhraed wrth ei weld, a glanio'n swp ar y nodwyddau pîn ar y llwybr. Dyna lle roedd o, yn edrych i fyny arna i o'r llwybr. Wedi'i lunio allan o briciau bach, ac yn ddigon mawr i orchuddio'r llwybr o'r naill ochr i'r llall. Roedd rhywun wedi mynd i drafferth, wedi cymryd ei amser i greu un llygad mawr ar y llwybr. Yn ei ganol, roedd carreg fawr ddu, yn llyfn fel cerrig sydd i'w gweld ar lan y môr, yn gannwyll i'r llygad.

Un llygad, fel llygad Baba Hyll.

Codais yn sydyn, yn rhy sydyn a, rhywsut, llithrais unwaith eto a glanio ar fy mhen ôl. Roedd sŵn griddfan ofnadwy yn dod o fy mherfedd, a gwyddwn mai hwn oedd yr ofn mwyaf i mi ei deimlo erioed. O'r diwedd, llwyddais i godi ar fy nhraed, ond fedrwn i wneud dim ond sefyll ac edrych o'r naill ben y llwybr i'r llall.

Pa ffordd oedd y gyflymaf i ddianc? Dilyn y ffordd ymlaen tuag at adre, neu ddychwelyd yn ôl ar hyd y llwybr y dois i? Mi gerddwn i dros y mynydd, doedd dim ots gen i pa mor hir y byddai hynny'n ei gymryd. Dim ond i mi gael dianc o'r hen le 'ma, a dianc mor bell ag y gallwn oddi wrth y llygad afiach yna…

Fflachiodd syniad i fy meddwl.

'Iols?' gwaeddais i mewn i'r tawelwch. 'Iolo?' Oedd hi'n bosib ei fod o wedi rhuthro o 'mlaen i rywsut, efallai wedi cyrraedd yma ar hyd rhyw lwybr arall na wyddwn i amdano, ac wedi gosod yr hen lygad ar y llwybr? Dial arna i, am ei herian fod arno ofn Baba Hyll? Dyna union y math o beth y byddai Iolo yn ei wneud, er y byddai o wedi gorfod bod yn ofnadwy o sydyn i gyrraedd yma cyn i mi gyrraedd. Na, doedd y peth ddim yn amhosib… ddim mor amhosib â hen wrach yn gadael arwyddion i mi ar y llwybr adre, beth bynnag…

Ac eto… fyddai Iolo yn mynd i'r ffasiwn drafferth? Roedd o'n un diog ar y naw, a do'n i ddim yn sicr a fyddai o'n gwneud cymaint o ymdrech er mwyn gwneud i mi edrych yn ffŵl.

Ac wrth gwrs, byddai dod yma i fy herian yn golygu y byddai'n rhaid iddo ddod i'r goedwig ar ei ben ei hun, gosod y llygad, a'i heglu hi i ganol y coed tywyll cyn i mi gael cip arno. Roedd Iolo'n ormod o gachgi i wneud hynny ac arno fo fwy o ofn y goedwig na fi.

Fedrwn i ddim mentro mynd ymlaen tuag at Riwlas. Fe wyddwn ei fod o'n beth gwirion ac y byddai gen i gywilydd pe deuai rhywun i wybod, ond roedd yn well gen i fynd yn ôl am Fynydd Llandygái, a mynd adre dros y mynydd. Byddai'n cymryd hydoedd, ond o leiaf ni fyddai raid i mi fynd i mewn ymhellach i berfeddion y goedwig. Trois fy nghefn ar yr hen lygad aflan ynghanol y llwybr, a dechrau fy ffordd yn ôl ar hyd yr un llwybr ag y dois i.

Ro'n i'n dal yn ddigon ofnus, ond o leiaf medrwn gysuro fy hun i mi ddod ar hyd y llwybr hwn yn barod. O leiaf chawn i 'run syrpréis cas, nac arwyddion dychrynllyd yn fy wynebu ar hyd y ffordd hyn...

Wrth i mi gerdded, penderfynais y byddai unrhyw un wedi medru bod yn gyfrifol am greu'r llygad o frigau ynghanol y llwybr. Gwyddai bron pawb yn lleol am hanes Baba Hyll, ac roedden nhw wedi clywed sibrydion am yr un llygad dychrynllyd hwnnw yn ei phen. Medrwn ddychmygu rhywun yn dod am dro drwy'r goedwig, ac yn penderfynu codi ofn ar bwy bynnag fyddai'r nesaf i droedio'r llwybr drwy ddefnyddio'r brigau oedd yn britho'r lle i greu darlun dychrynllyd o lygad Baba Hyll. Oedd, roedd y garreg lefn ddu yn anarferol, ond efallai bod y rhai a greodd y llygad wedi'i gweld hi ar y traeth un diwrnod, wedi'i rhoi yn saff yn ei boced ac wedi anghofio amdani tan rŵan...

Bûm i'n wirion i boeni, meddyliais, gan arafu rhyw fymryn, ac ochneidio'n dawel ar ôl meddwl am esboniad mor rhesymol i'r cyfan. Baba Hyll, wir! A minnau wedi herian cymaint ar Iolo am fod arno'i hofn... Byddai o'n tynnu 'nghoes i am weddill y flwyddyn 'tai o'n gwybod cymaint roedd fy mol i wedi troi pan welais i'r llygad yna...

Yn anffodus, wnaeth fy rhyddhad ddim para'n hir. Wrth gerdded i gyfeiriad Mynydd Llandygái, daeth tro yn y llwybr, ac wrth edrych i fyny, arafais mewn syndod a dychryn.

Yno, ynghanol y llwybr, roedd hen ywen, a'i dail wedi marw. Roedd y boncyff yn gam ac yn dywyll, a'r brigau'n ymestyn yn hyll allan ohono. Doedd dim yn anarferol amdano, heblaw am un peth. Doedd y goeden ddim yno ddeng munud ynghynt. Mi fyddwn i wedi sylwi arni gan ei bod hi'n tyfu bellach ynghanol y llwybr, a dim lle wedi'i adael i unrhyw un ei phasio heb straffaglu a gwthio drwy'r coed pinwydd bob ochr iddi.

Dwi'n breuddwydio, meddwn yn dawel. Mae'n rhaid 'mod i.

Mae'n rhaid bod rhywun wedi'i phlannu hi yn ystod y deng munud diwethaf ers i mi fod ar y llwybr. Ond na. Mi fyddwn i wedi clywed. A doedd y pridd wrth wraidd y goeden ddim wedi cael ei styrbio. Edrychai'r ywen fel petai hi wedi bod yno erioed.

Ro'n i'n gwallgofi. Mae'n rhaid. Doedd dim esboniad… Fyddai Iolo, hyd yn oed, ddim wedi medru gwneud hyn.

Trois ar fy sawdl, a dechrau rhedeg. Roedd fy stumog yn troi, a phetawn i wedi stopio am eiliad, rydw i'n siŵr y byddwn i wedi taflyd i fyny dros y lle. Dechreuais grynu go iawn: nid cryndod bach, chwaith, ond ysgwyd go iawn a doedd gen i ddim unrhyw reolaeth drosto. A, waeth i mi gyfaddef, ro'n i'n crio fel babi blwydd wrth redeg oddi yno. Cododd y panig a llenwi pob modfedd ohona i, a gwyddwn 'mod i wedi colli pob rheolaeth erbyn hyn fel na fedrwn wneud dim ond rhedeg.

A dyna pryd dechreuodd y synau.

Priciau sychion yn torri y tu ôl i mi, ac yn wir bob ochr i mi… Bloeddiais mewn ofn. Roedd pobol yn rhedeg y tu ôl i mi ac o boptu'r llwybr wrth fy ymyl. Medrwn glywed sŵn eu traed a sŵn y priciau'n torri dan eu pwysau, ond fedrwn i ddim edrych arnyn nhw. Roedd gen i deimlad na fyddwn i'n medru cymryd cam arall pe gwelwn i beth bynnag oedd yn dod ar fy ôl.

Yn sydyn, baglais dros wreiddyn coeden a godai o'r ddaear, a glanio ar fy wyneb. Dyma'r diwedd, meddyliais, a 'mhen ar y ddaear. Maen nhw wedi 'nal i. Yn araf, a churiadau fy nghalon yn llenwi fy nghlustiau, codais fy mhen ac edrych i bob cyfeiriad.

Neb.

Edrychais y tu ôl i mi, lle bu sŵn traed yn fy nilyn. Doedd neb yno, chwaith.

Gorffwysais fy mhen ar y ddaear mewn rhyddhad. Fy nychymyg i oedd y cyfan. Doedd neb yno.

Ac yna, daeth sŵn un brigyn yn torri ar y llwybr o 'mlaen i. Un sŵn bach arall a'm llenwodd ag ofn. Codais fy mhen yn araf, araf i weld o ble daeth y sŵn.

Yno, ar y llwybr, rhyw ugain llath o'm blaen, safai Baba Hyll, yn fy ngwylio drwy ei un llygad craff, dychrynllyd.

PENNOD 3

Fedrwn i ddim symud: Fedrwn i ddim tynnu fy llygaid oddi arni.

Roedd hi'n *afiach*.

Er 'mod i'n gorwedd ar y llawr, codais fy mhen i syllu arni, a'm llygaid yn llyncu pob manylyn bach, aflan. Doedd hi'n ddim byd tebyg i unrhyw wrach a welswn mewn ffilm nac mewn llyfr – doedd ganddi ddim het ddu a doedd hi ddim yn cario ysgub. Na… roedd hi gymaint yn waeth na hynny! Golchodd ton o ffieidd-dra drosta i wrth edrych arni.

Gwisgai hen ffrog lwyd, garpiog a honno wedi'i chlymu â rhaff am ei chanol main. Roedd olion mwd ar ei gwaelodion a staeniau cochlyd, na hoffwn feddwl beth oedden nhw, yn frith drosti. Roedd hi bron yn foel, ond bod ambell dusw o wallt lliw arian yn tyfu o'i chorun gwyn, fel gwe pry cop. Noeth oedd ei thraed ac yn ddigon budr, a'i hewinedd yn hir ac yn felyn. O amgylch ei gwddf crogai'r mwclis ro'n i wedi clywed cymaint amdani ac aeth cryndod drosta i wrth i mi weld yr esgyrn hirion yn hongian oddi arni.

Ond ei hwyneb! Bobol bach, wna i fyth anghofio'r wyneb tra bydda i byw. Wyneb hir a thenau, y geg yn llydan a di-wefus, ei thrwyn yn fain, a'i chroen yn welw, bron yn llwyd. A'r llygad wedyn. Roedd y llygad chwith, yn llydan agored, heb amrannau na blew llygad, yn las golau, golau, a channwyll fawr mor amlwg yng nghanol y llygad hwnnw. Roedd ei llygad dde wedi'i bwytho ynghau yn flêr, a'r pwythau mawr du yn edrych mor simsan yn eu hymdrech i'w ddal ynghau.

Doedd Baba Hyll ddim yn fawr, ond ro'n i'n hollol sicr nad oedd unrhyw un yn y byd yn edrych mor ddychrynllyd â hi.

Cymerodd gam tuag ata i, ei llygad glas golau wedi'i sodro'n dynn, dynn arna i. Brysiais i godi ar fy nhraed. Safodd y ddau ohonon ni am ychydig, bymtheg llath oddi wrth ein gilydd, yn syllu a rhythu.

'Ti,' meddai'n araf, a'i llais yn arw fel pobol oedd wedi bod yn smocio ar hyd eu hoes.

Ceisiais ei hateb, ond dim ond rhyw sŵn a ddihangodd o 'ngheg.

'Ti,' meddai wedyn, a bron na fedrwn anadlu, cymaint oedd fy ofn.

Estynnodd Baba Hyll ei llaw tuag ataf yn araf, ac ro'n i'n siŵr ei bod ar fin creu rhyw swyn arnaf. Ond roedd yr hyn a wnaeth hi'n fwy dychrynllyd na hynny, sef estyn ei bys main, ac amneidio arna i i'w dilyn.

Trodd ei chefn a cherdded drwy'r coed, gan anwybyddu'r llwybr.

Gofynnais i mi fy hun ganwaith wedi hynny pam y

dilynais hi. Mi fyddwn wedi medru troi, a rhedeg yn ôl, neu gallwn fod wedi cario mlaen ar hyd y llwybr a rhuthro am adre. Ro'n i'n iau na hi, ac yn fwy na hi, felly mae'n debyg y byddwn yn gynt na hi. A phe bai hi wedi fy nal, rhywsut, mi fyddwn wedi medru ei gwthio i'r naill ochr gan 'mod i'n gryfach na hi. Ond wnes i ddim un o'r pethau hynny, yn wir wnes i ddim meddwl nac ystyried unrhyw un o'r opsiynau. Fedrwn i wneud dim ond dilyn ei thraed drwy'r coed, er cymaint oedd fy ofn. Baglais fwy nag unwaith dros y priciau a'r gwreiddiau, ond wnaeth Baba Hyll ddim troi 'nôl i sicrhau fy mod i'n ei dilyn.

Dilynais am awr a mwy, a doedd hynny ddim yn gwneud unrhyw synnwyr o gwbl gan mai coedwig fechan yw coedwig Moelyci, a dylai'r coed ddatgelu caeau Rhiwlas neu Dregarth neu Fynydd Llandygái erbyn hyn. Ond doedd pethau ddim fel y dylien nhw fod wrth i mi ddilyn camau Baba Hyll. Dyfalais mai rhyw swyn ganddi hi oedd yn gyfrifol.

A dweud y gwir, prin y medra i gofio rhyw lawer am y daith. Teimlwn yn sâl ac yn chwil, fel petawn i mewn breuddwyd.

Ymhen hir a hwyr arafodd Baba Hyll, a dyna pryd y gwelais i o. Y bwthyn bach hyllaf a welswn erioed, yn sefyll mewn llannerch yn y coed. Un bychan o gerrig mawr llwyd tywyll a llechi ar y to er, o sylwi'n ofalus, roedd llawer o'r rheiny ar goll. Roedd mwg yn codi o'r simdde fawr gan greu ffurfiau fel ysbrydion yn y coed a chwt bach yn sefyll ar un ochr i'r bwthyn a hwnnw'n ymddangos fel petai bron yn adfail.

Stopiais gerdded yr un pryd â Baba Hyll. Do'n i ddim am fod gam yn agosach ati. Am y tro cyntaf yn ystod yr holl siwrnai, trodd yr hen wrach i edrych arna i. Disgleiriai ei llygad glas golau fel saffir yn nhywyllwch y coed.

'Tyrd.'

Do'n i ddim am ei dilyn hi, yn wir dyna'r peth diwetha ro'n i am ei wneud. Ond, eto i gyd, ufuddhau wnes i.

Sylwais fod croen ei hwyneb yn grychau i gyd, yn enwedig o gwmpas y llygad, ac roedd arogl mwsog arni. Trodd ei llygad oddi wrtha i tuag at y bwthyn.

'Nos.'

Nodiais yn ansicr, gan sylweddoli yn sydyn ei bod hi'n dweud y gwir. Roedd yr awyr yn troi o fod yn las golau i fod yn las tywyll melfedaidd a bellach roedd ambell seren wedi ymddangos. Mi fyddai Mam yn poeni erbyn hyn.

'Tyrd,' meddai unwaith eto, gan droedio tuag at y tŷ. Rhoddwn y byd am gael osgoi ei dilyn hi, ond beth fedrwn i ei wneud? Doedd gen i ddim syniad ble ro'n i, na pha gyfeiriad oedd y ffordd adre. Rhaid oedd ei dilyn hi i mewn i'r bwthyn bach hyll. Wyddwn i ddim a fyddwn i'n dod allan yn fyw.

Roedd y bwthyn yn dywyll, ond gan fod fflamau yn rhuo yn y lle tân agored mawr a orchuddiai un wal gyfan, buan y daeth fy llygaid i arfer â'r tywyllwch. Ew, roedd hwn yn gartref bron mor od â'i berchennog. Yng nghanol yr ystafell roedd bwrdd anferth, a'r pren yn llawn crafiadau, fel petai crafangau wedi'u llusgo drosto. Roedd clamp o gwpwrdd cornel a photeli o bob lliw a llun yn llenwi ei silffoedd, a'u cynhwysion yn edrych fel rhywbeth o set gemeg. Safai gwely cul ar un ochr i'r ystafell, a blancedi budron yn blith draphlith drosto, a chadair siglo fawr o bren cam wrth y tân. Roedd y lle'n llawn llanast ac yn fudr, y ffenestri'n drwch o fudreddi a gwe pry cop ym mhob man. Ond yr hyn a gododd ofn arna i'n fwy na dim oedd y crochan mawr du a grogai uwchben y tân, yn llawn hylif brown yn ffrwtian yn dawel.

Bwyta pobol, dyna ddywedodd Mam. Cofiais am Janet a'i mam… Oedden nhw wedi gorffen eu dyddiau ar y ddaear yn y crochan mawr hwn? Ai dyna fyddai fy ffawd innau hefyd?

Safodd Baba Hyll dros y crochan, gan droi'r cynnwys â chlamp o lwy bren fawr, cyn edrych arna i. Aeth cryndod drosta i wrth iddi agor ei cheg a dangos ei dannedd milain. Dyna'r wên fwyaf dychrynllyd a welswn erioed. Fedrwn i ond syllu arni mewn braw, a diflannodd ei gwên hithau.

'Pren… Cwt.'

Dihengais allan, a chysidro rhedeg nerth fy nhraed – doedd dim ots i ble. Mi fyddwn i'n fodlon rhedeg drwy'r nos i ddianc rhag Baba Hyll, a dianc rhag pob cynllun aflan oedd ganddi ar fy nghyfer. Oedd, roedd hi'n nos bellach, ac mi fyddai fel bol buwch ymhen hanner awr. Ond oedd 'na wir ots i ble ro'n i'n mynd, cyn belled â'i fod o'n ddigon pell oddi wrth Baba Hyll?

Wrth i mi sefyll y tu allan i'r tŷ yn cysidro, ymddangosodd Baba Hyll yn y drws, a rhythu arna i. 'Pren!' meddai'n biwis unwaith eto, ac fe es i'n syth i'r cwt i nôl y coed iddi. Doedd dim llawer ar ôl, ond llenwais fy mreichiau, a'u cario i'r bwthyn. Gosodais y cyfan mewn pentwr wrth y tân, cyn mynd i nôl y gweddill o'r cwt. Cymerodd hi bedair siwrnai cyn cwblhau'r gwaith ond, o'r diwedd, roedd y cwt yn wag a thwr mawr o goed yn sychu wrth y lle tân.

Safai Baba Hyll dros y crochan yn fy ngwylio. Roedd hynny'n greulon – fy ngorfodi i hel y coed a fyddai'n cynnal y tân fyddai'n fy nghoginio i. Sefais wrth y tân am ychydig, yn gwingo o dan ei rhythu hi.

'Dyna'r cyfan o goed sydd yno,' meddwn yn dawel.

Nodiodd Baba Hyll yn araf. 'Swper.'

Trodd fy stumog, a chymerais gam yn ôl. 'Plis… '

Trodd at silff fach wrth y lle tân, ac estyn powlen, a llwy ynddi. 'Swper,' meddai eto.

'Plis peidiwch â… '

Ond er mawr syndod i mi, estynnodd Baba Hyll am lond lletwad o gawl o'r crochan, a'i dywallt i'r bowlen. Cynigiodd y bowlen i mi, a disgleiriai ei llygad dan olau'r tân.

'Eistedd,' crawciodd. 'Bwyta.'

Doedd hi ddim am fy nghoginio i'n syth, o leia. Roedd hi am i mi fwyta'r cawl yn gyntaf. Cymerais y bowlen o'i dwylo, a symud yn araf tuag at y bwrdd. Gallwn ei theimlo'n fy ngwylio, felly cydiais yn un o'r cadeiriau ac eistedd wrth y bwrdd.

Syllais i fol y cawl. Roedd ei arogl o'n iawn, nid yn annhebyg i gawl Mam pan fyddai ganddi ormodedd o lysiau yn yr ardd, ond doedd o ddim yn edrych yn flasus iawn. Roedd pethau bach llwydwyn yn arnofio arno.

'Madarch,' meddai Baba Hyll, a suddodd fy nghalon.

Roedd Mam wedi fy rhybuddio ganwaith am beryglon madarch. Roedd ambell un a dyfai ar foelydd Moelyci yn ddigon gwenwynig i ladd oedolyn mawr cryf mewn hanner awr. Wrth gwrs, mi fyddai hynny'n llawer haws i Baba Hyll na thrio fy lladd i mewn dull mwy blêr. Mynd i gysgu fyddwn i, beryg, a hithau'n cael gwneud sosejys neu tsiops allan ohona i wedyn.

'Plis, peidiwch â gwneud i mi ei fwyta… ' meddwn, gan deimlo'r dagrau yn gorlifo o'm llygaid. Cerddodd Baba Hyll yn araf tuag ata i, a sefyll drosta i, mor agos ag y medrai heb fy nghyffwrdd. Roedd hen wg creulon ar ei hwyneb, a syllai ei llygad glas, diemosiwn arna i'n llawn dirmyg.

'Bwyta,' meddai eto, a gwyddwn nad oedd unrhyw ffordd y medrwn i wrthod. Mi fyddai'n rhaid i mi fwyta'r cawl madarch gwenwynig, neu wynebu diwedd llawer mwy gwaedlyd.

Llenwais fy llwy.

'Bwyta!'

Caeais fy llygaid.

'Bwyta!'

Codais y llwy, ac agorais fy ngheg.

'Bwyta!'

Cymerais lond llwy o'r cawl gwenwynig, a llyncu pob un diferyn.

PENNOD 4

Agorais fy llygaid.

Do'n i ddim wedi marw! A dweud y gwir, do'n i ddim yn teimlo'n sâl o gwbl, heblaw am y cwlwm o nerfusrwydd ac ofn oedd wedi bod yn cronni yn fy mherfedd ers i mi gwrdd â Baba Hyll.

Symudodd Baba Hyll oddi wrtha i, llenwi powlen arall â chawl a'i chario'n syth at y bwrdd. Eisteddodd yn y gadair wrth fy ymyl.

Doedd bosib…?

Ond ie, dyna wnaeth hi. Codi'i llwy a dechrau bwyta'r cawl.

Doedd o ddim yn wenwynig felly, mae'n rhaid. Beth yn y byd oedd ei gêm hi, 'ta, yn fy ngorfodi i ddod yma, yn codi'r ofn mwya yn y byd arna i, ac yn gwneud cawl i mi i swper?

Synhwyrodd Baba Hyll fy mod i'n ei gwylio hi, a throdd ei llygad tuag ata i. Roedd yn ymddangos fel petai hi'n deall yn iawn beth oedd ar fy meddwl i.

'Llanast,' meddai, gan amneidio o gwmpas y bwthyn. Fedrwn i ddim anghytuno. 'Help,' a throdd yn ôl at ei chawl.

Wrth i mi ddechrau bwyta, deallais, o'r diwedd,

beth oedd ei chynllun. Roedd hi wedi bwriadu fy mwyta'n syth, ond ar ôl gweld 'mod i'n dal a chryf, mae'n rhaid ei bod hi wedi penderfynu y byddai'n cael gwell defnydd ohona i drwy wneud i mi weithio iddi cyn hynny. Roedd hi wedi gweld 'mod i'n medru cario llwyth o goed o'r cwt i'r lle tân yn ddigon hawdd, ac mae'n siŵr ei bod hi'n dychmygu y byddwn i'n cael hwyl ar lanhau'r lloriau a pholisho'r pren cyn iddi gael blas arna i fel swper.

Edrychais arni drwy gil fy llygaid a gweld ei bod hi'n bwyta'n flerach nag unrhyw berson a welswn erioed, gan golli llawer o'r cawl a gadael iddo redeg i lawr ei gên a thros ei ffrog. Sylwais fod dafnau o'r hylif yn sychu ar ei mwclis o esgyrn. Bwytais innau yn araf, gan drio osgoi ei gwylio, ond er pob ymdrech denai fy holl sylw.

Bwytaodd y ddau ohonon ni mewn tawelwch llwyr, a dim ond sŵn y tân yn clecian oedd i'w glywed yn y bwthyn bach. Ar ôl i ni orffen, aeth Baba Hyll â'r powlenni yn ôl i'w silff yn y gornel, heb eu golchi. Ceisiais osgoi meddwl am hynny, ond gan nad oedd sinc yn y bwthyn, mae'n rhaid bod blynyddoedd ers iddyn nhw gael eu golchi!

Pwyntiodd Baba Hyll at y gwely main, a dweud, 'Cysgu.'

'Mi fydd Mam a Dad yn poeni amdana i,' meddwn yn dawel.

Oedodd Baba Hyll am ennyd, gan edrych arna i. Ro'n

i'n siŵr fod rhyw oleuni yn dod o'r tu mewn i'w llygad glas gan ei fod cymaint yn fwy llachar nag unrhyw beth arall yn y bwthyn tywyll. Roedd y teimlad o'i chael hi'n syllu arna i fel yna'n un na fedra i ei ddisgrifio'n iawn. Fe'm llenwai ag ofn, tywyllwch ac anobaith. Doedd dim emosiwn yn ei llygad ac felly fedrwn i ddim dyfalu ei theimladau na sut dymer oedd arni. Meddyliais yn sydyn am Mam, a'i llygaid llwydwyrdd tlws. Medrwn eu darllen nhw fel llyfr. Pan fyddai mewn tymer tynnu coes, neu'n fflinedig, neu'n gariadus, y cyfan fyddai'n rhaid i mi ei wneud oedd edrych i'w llygaid, ac fe wyddwn i'n syth.

Cododd Baba Hyll ei bys eto, a phwyntio tuag at y gwely. Doedd dim pwynt dadlau. Doedd gen i ddim gobaith dianc adre at fy rhieni heno. Byddai'n rhaid i mi gysgu yma, ymysg y blancedi ffiaidd ar y gwely.

Gorweddais, gan drio peidio â dangos mor atgas oedd arogl y dillad gwely. Doedden nhw'n amlwg heb eu golchi ers amser hir – os erioed. Roedd meddwl am orffwys yn yr un blancedi ag y bu Baba Hyll yn cysgu ynddyn nhw yn ddigon i godi cyfog arna i, a bu'n rhaid i mi lyncu llawer o awyr iach er mwyn dygymod â'r syniad.

Cerddodd Baba Hyll at y gadair siglo yn ymyl y lle tân, a setlo yn honno. Roedd hi'n rhyfedd meddwl fy mod i'n cael gwely, er mor afiach oedd hwnnw, a hithau'n cysgu mewn cadair freichiau, ond ddywedais i 'run gair.

Do'n i ddim am siarad â hi mwy nag y byddai'n rhaid.

Ro'n i'n sicr na fyddwn i'n cysgu 'run winc. Efallai 'mod i wedi camddehongli ei chynllun, efallai mai fy lladd i yn fy nghwsg oedd ei bwriad. Efallai fod y gwagle dan y gwely yn llawn o briciau a choed tân ac y byddwn i'n farbeciw erbyn y bore. Felly, gorweddais ar y blancedi budron, gan hoelio fy sylw ar Baba Hyll drwy'r amser. Wynebai hi'r tân, a fedrwn i mo'i gweld hi'n iawn, ond wnaeth hi ddim symud o gwbl, felly dychmygwn ei bod hi'n cysgu.

Mae hel meddyliau'n beth rhyfedd pan fedrwch chi ddim credu'n iawn beth sy'n digwydd i chi.

Doedd hi ddim yn bosib 'mod i yma: ddim yn bosib o gwbl! Doedd y ffasiwn beth â gwrachod ddim yn bodoli, a doedd coedwig Moelyci ddim yn ddigon mawr i rywun fedru byw yno. Byddai eraill yn sicr o fod yn gwybod am fodolaeth rhywun chwedlonol fel Baba Hyll. Bellach, a finnau wedi bod yma ers oriau, siawns na fyddai Mam wedi ffonio'r heddlu ac y byddai'r rheiny wedi dod o hyd i mi cyn hyn?

Mi fyddan nhw yma unrhyw funud rŵan, cysurais fy hun. Unrhyw eiliad, mi fyddwn yn clywed rhu hofrennydd yr heddlu uwchben, yn chwilio amdana i. Wedyn mi fydden nhw'n anfon degau o heddlu yma, pob un â gynnau mawr, ac yn gwisgo helmedau.

Dim ond i mi fod yn amyneddgar am ryw ychydig, meddyliwn, ac mi fyddai rhywun yn siŵr o fy achub i.

Cawn fynd adre at Mam a Dad, a byddai pawb am fod yn ffrind gorau i mi pan awn i'n ôl i'r ysgol am mai fi fyddai'r 'Un A Gafodd Ei Herwgipio'. Byddai Iolo'n fodlon mynd â fi i'r sinema wedyn, a fyddai Mam ddim yn gwneud i mi gerdded adre o Fynydd Llandygái byth eto.

O, Mam. Mae'n siŵr ei bod hi'n poeni'n ofnadwy, meddyliais. Medrwn ddyfalu'r hyn oedd wedi digwydd. Ar ôl iddi dywyllu, byddai Mam wedi ffonio mam Iolo i'w holi faint o'r gloch ro'n i wedi gadael. Byddai honno'n ateb 'mod i wedi gadael ers hydoedd a 'mod i wedi sôn mai mynd drwy'r goedwig oedd fy mwriad. Efallai y byddai Mam yn cofio wedyn ei bod hi wedi tynnu 'nghoes ynglŷn â bod yn nerfus am gerdded ar hyd y llwybr drwy'r coed, ac mi fyddai'n teimlo'n euog. Efallai y byddai hi a Dad yn cerdded i fyny Moelyci i'r goedwig ar frys. Bydden nhw'n archwilio'r llwybr yr holl ffordd o Riwlas i Fynydd Llandygái, ond, wrth gwrs, fyddai 'run arwydd ohona i yno. Mae'n siŵr y byddai Baba Hyll wedi defnyddio rhyw hud i gael gwared ar y goeden ywen a'r llygad o briciau ar y llwybr erbyn hyn. Ar ôl cyrraedd Mynydd Llandygái, byddai'r ddau wedyn yn cerdded yn ôl i Riwlas ar hyd y llwybr arall, gan ddyfalu 'mod i wedi penderfynu mynd y ffordd honno ac wedi disgyn ar y ffordd a thorri 'nghoes neu 'nhroed. Ond fyddwn i ddim yno chwaith, ac ar ôl cyrraedd adre a gweld 'mod i'n dal allan, a'r nos bellach fel bol buwch, byddai Mam yn troi at Dad â dagrau yn ei llygaid ac yn dweud, 'Mae arna i ofn, John. Be os oes rhywbeth wedi digwydd iddo fo?' Yna byddai Dad yn dal Mam yn dynn yn ei freichiau, ac yn ateb, 'Does dim ond un peth i'w wneud, 'nghariad i. Bydd rhaid i ni ffonio'r heddlu.' Ac yna…

O, mam bach! Sut bues i mor wirion? Ffôn! Wrth gwrs! Roedd gen i fy ffôn bach ym mhoced fy jîns! Mi fyddwn i'n medru estyn amdano'n dawel bach, ac anfon tecst at Mam a Dad yn dweud beth oedd wedi digwydd… Fyddai Baba Hyll ddim yn gwybod! Yn araf, ac yn bwyllog, estynnais am y ffôn o'm poced.

Dim signal. Wrth gwrs. Doedd fawr o signal adre. Ro'n i'n dwp i feddwl y byddai 'run signal yma. Diffoddais y ffôn i arbed y batri. Efallai y byddai modd ei ddefnyddio rywdro eto.

Er mawr syndod i mi fy hun, dechreuais deimlo'n flinedig ac er cymaint oedd fy ofn o'r hen wrach yn y gadair yn y gornel ac er mor awyddus ro'n i gadw'n effro drwy'r nos, methu wnes i. A minnau'n clustfeinio yn y tawelwch am sŵn hofrenyddion yr heddlu, syrthiais i drwmgwsg ynghanol y blancedi budron.

PENNOD 5

Do'n i ddim eisiau agor fy llygaid.

Ro'n i eisiau meddwl mai hunllef oedd y cyfan – hunllef afiach, wirion na fyddwn i'n cyfaddef wrth neb. Ond fe wyddwn cyn i mi agor fy llygaid nad o'n i adre. Roedd ein tŷ ni yn y bore yn llawn twrw a miri, a sŵn llestri'n taro yn erbyn ei gilydd yn amlwg wrth i Dad drio hwylio brecwast iddo'i hun. Mam fyddai'n gweiddi arna i ei bod hi'n bryd codi, a hithau'n trio sortio dillad glân i bawb a thacluso llanast y noson cynt ar yr un pryd. Ond yma, roedd hi'n hollol dawel. Yn lle arogl glân powdr golchi dillad Mam, roedd arogl budreddi yn gryf dan fy nhrwyn.

Agorais un llygad, cyn codi ar fy eistedd mewn braw.

Roedd Baba Hyll yn eistedd ar erchwyn y gwely, yn fy ngwylio i'n cysgu. Edrychai'n wirioneddol hunllefus. Roedd drws y bwthyn ar agor a llifai'r haul drwyddo, gan oleuo'r gwallt main arian ar ei phen. Edrychai ei llygad yn syth arna i ac roedd ei phen yn pwyso rhyw fymryn i'r ochr fel petai'n meddwl am rywbeth. Roedd y ffordd yr edrychai yn ddigon i godi ofn ofnadwy arna i, a bu'n rhaid i mi lyncu fy nagrau. Roedd y pwythau duon dros ei llygad dde yn edrych mor flêr, fel petai rhywun wedi'u gosod nhw ar frys, heb feddwl. Yn wir, roedd pwythau Mam yn fy sanau yn daclusach.

Allwn i ddim dioddef ei gweld hi'n syllu arna i, felly codais o'r gwely. Pa mor hir y bu hi yno, yn fy ngwylio i'n cysgu, tybed?

'Helpu,' meddai Baba Hyll yn ei llais cras. Amneidiodd o gwmpas y bwthyn, yn union fel y gwnaethai hi'r noson cynt. 'Llanast,' ychwanegodd wedyn.

'Mi wna i eich helpu chi,' atebais, a'm llais yn gryg. Doedd gen i fawr o ddewis, a byddai gwneud rhywbeth yn well nag eistedd yma'n teimlo'i llygad wedi'i serio arna i. 'Oes ganddoch chi gadachau a brwshys llawr a phethau felly?'

'Na.'

Llygadodd Baba Hyll fy wyneb i weld fy ymateb.

'Wel… ga i fynd allan, i ffeindio rhyw ddail neu rywbeth y medra i eu defnyddio?'

Amneidiodd Baba Hyll at y drws, a chymerais i hynny fel arwydd 'mod i'n cael caniatâd i adael y bwthyn.

Feddyliais i ddim rhyw lawer am y peth cyn hynny, ond llefydd rhyfedd ar y naw ydi coedwigoedd. Doedd fawr o wahaniaeth yn yr awyrgylch o gamu allan o'r bwthyn i'r goedwig − roedd y ddau le'n dywyll ac yn llethol o dawel. Doedd dim smic, dim hyd yn oed sŵn adar bach i'w glywed.

Ro'n i'n casáu'r lle.

Penderfynais mai nôl rhyw fath o gadachau fyddai'r cam cyntaf. Doedd fawr o bwrpas brwsio'r lloriau os oedd pob man arall yn llwch ac yn we pry cop i gyd. Edrychais o gwmpas am ddail, ond doedd dim byd o fewn golwg. Pinwydd oedd ar y coed, a fedrwn i wneud fawr ddim efo'r rheiny. Roedd gen i ryw syniad yng nghefn fy meddwl y byddai dail yn fwy tebygol o dyfu mewn lle gwlyb – Mam oedd wedi sôn, efallai, neu Mr Jones Bioleg yn 'rysgol, neu efallai mai fi oedd wedi dychmygu hynny.

'Oes llyn o gwmpas fa'ma yn rhywle? Neu nant fach?'

Edychais yn ôl tuag at y bwthyn. Safai Baba Hyll yn y drws, a chododd ei braich gan bwyntio y tu ôl i'r bwthyn.

'Diolch,' meddwn, gan deimlo'n wirioneddol ddiolchgar am gael dianc o'i chwmni am ychydig. Am eiliad, meddyliais tybed a fyddai hi'n fy nilyn i ond, diolch byth, wnaeth hi ddim.

Hanner canllath y tu ôl i'r bwthyn, roedd nant fechan yn plethu drwy'r coed, a dŵr bywiog yn rhedeg ar ei hyd. A, bingo! Dyma dyfiant o gwmpas y glannau. Dewisais ddegau o'r dail, rhai mawr, fflat, ond braidd yn sgleiniog felly ro'n i'n amau faint o werth fydden nhw i fi i lanhau. Trois yn ôl am y bwthyn.

Roedd Baba Hyll yn dal i sefyll yn ffrâm y drws, fel petai heb symud o gwbl.

'Oes ganddoch chi fwced? I mi gael rhoi dŵr ynddo fo, i gael golchi pethau'n iawn.'

Oedodd Baba Hyll am ychydig, cyn diflannu i berfeddion y bwthyn. Pan ddaeth allan, cynigiodd un o'r powlenni cawl a ddefnyddion ni'r noson cynt i fwyta.

Roedd y bowlen yn llawer llai na'r hyn ro'n i'n chwilio amdano, ond byddai'n rhaid iddi wneud dros dro. Llenwais y bowlen â dŵr o'r nant, a phenderfynais gychwyn ar y gwaith drwy olchi dwy ffenest y bwthyn. Siawns nad edrychai pethau fymryn yn well wrth i ychydig o oleuni ddod i mewn i'r lle.

Wir yr, mi wnes i 'ngorau. Ond doedd y dail yn dda i ddim i lanhau, a'r dŵr yn troi'n fudr ar ddim. Yn y diwedd, doedd gen i ddim dewis ond defnyddio cledrau fy nwylo i rwbio'r budreddi oddi ar y gwydr trwchus, ac yna golchi'r rheiny yn y dŵr. Bûm i'n ôl ac ymlaen wn i ddim faint o weithiau i'r nant i nôl dŵr glân, ac fe gymerodd y rhan fwyaf o'r bore i olchi'r ffenestri y tu allan. Ro'n i wedi ymlâdd.

Roedd Baba Hyll wedi dychwelyd i'w chadair siglo yn fuan ar ôl i mi ddechrau'r glanhau, ac eisteddai yno'n syllu i mewn i'r tân tra o'n i wrthi'n slafio. Trodd wrth i mi ddod â phowlennaid o ddŵr glân i mewn i'r tŷ i lanhau y tu mewn i'r ffenestri, a gwyliodd wrth i mi ddechrau rhwbio'r budreddi i ffwrdd â'm bysedd. Roedd yn rhaid i mi gyfaddef, edrychai'r ffenestri gymaint yn well yn barod.

Clywais sŵn y tu ôl i mi, a throis, cyn sgrechian mewn ofn.

Roedd Baba Hyll yn dod amdana i â chyllell yn ei llaw!

Disgleiriai llafn y gyllell yn oren gan fod honno'n lân a'r metel yn adlewyrchu fflamau'r tân. Sgrechiais yn sydyn, a chodi fy nwylo o flaen fy llygaid mewn braw.

Dyma fy niwedd wedi dod, meddyliais, a dechreuais riddfan. Unrhyw eiliad rŵan…

Daeth sŵn rhwygo, a thynnais fy nwylo o'm llygaid.

Defnyddiodd Baba Hyll lafn y gyllell i dorri'r droedfedd isaf o waelod ei sgert garpiog. Doedd fy ngriddfan ddim wedi effeithio arni o gwbl, ac ymhen dim roedd ganddi drwch go lew o ddefnydd yn ei dwylo. Estynnodd y defnydd i mi a throi yn ôl am ei chadair i syllu.

Caeais fy llygaid mewn rhyddhad. Ro'n i'n fyw! Ac roedd Baba Hyll wedi torri ei sgert er mwyn rhoi cadach i mi wneud fy ngwaith. Mae'n rhaid 'mod i'n gweithio'n arafach nag roedd hi wedi'i obeithio. Byddai'n rhaid i mi frysio.

Roedd pethau cymaint yn haws wrth ddefnyddio gwaelodion y sgert. Golchais y defnydd yn nŵr y nant a'i dorri'n chwe darn. Daeth sglein hyfryd ar y ffenestri, a phenderfynais fynd ati i lanhau'r fframiau hefyd.

Wrth gwrs, mi fyddwn i wedi medru gwneud cymaint yn well petai gen i'r holl bethau roedd Mam wedi'u dangos i mi oedd yn dda i lanhau'r ffenestri – finag, neu sudd lemwn, a phapur newydd wedi crensian yn bêl i roi sglein. Ond roedd yr hyn oedd gen i'n ddigon da.

Penderfynais mai dechrau ar y bwrdd bwyd fyddai orau nesaf, ac roedd hwnnw'n llawer butrach na'i olwg. Unwaith eto, aeth powlennaid ar ôl powlennaid o ddŵr budr yn ôl i'r nant, ond ar ôl awr a mwy o lanhau, dechreuodd y pren lliw cnau hyfryd ymddangos ar ôl bod o dan flynyddoedd o fudreddi. Ar ôl awr arall, roedd y bwrdd yn sgleinio fel newydd, ac yn edrych allan o'i le braidd mewn tŷ mor fudr.

Daeth Baba Hyll â phowlennaid o gawl i mi wedyn, er na chafodd hi ddim i'w fwyta. Gwelais i hi'n llygadu'r bwrdd glân, ond fedrwn i ddim dweud a oedd hi'n hapus â fy ngwaith neu beidio.

Yn y prynhawn, glanheais yr holl gadeiriau, a symudodd Baba Hyll o'i chadair siglo ac eistedd ar y gwely er mwyn i mi gael glanhau'r gornel honno hefyd. Er 'mod i wedi ymlâdd, wnes i ddim stopio. Ro'n i am osgoi ei gwylltio hi, ac roedd yn well gen i ddal ati nag eistedd mewn tawelwch yn hel meddyliau yn ei chwmni, a theimlo'i llygad glas yn fy ngwylio ac yn rhythu.

Golchais bren y gwely, a thynnu'r holl boteli rhyfedd oddi ar y cwpwrdd cornel er mwyn glanhau hwnnw hefyd, cyn tynnu cadach dros y poteli a'u rhoi yn ôl yn ofalus. Roedd drôr llydan yn y cwpwrdd cornel, ond wrth i mi estyn am hwnnw i'w agor, gwaeddodd Baba Hyll, 'Na!' o'i chadair, felly gadewais lonydd iddo. Wrth gwrs, cyn gynted ag y digwyddodd hynny, dechreuais ddychmygu pa bethau dychrynllyd fyddai hi wedi'u cuddio yn y drôr. Ro'n i'n sicr fod ynddo bethau aflan – set o gyllyll miniog neu lyfr yn dangos sut i arteithio pobol.

Cyn diwedd y prynhawn, roedd pob darn o bren yn y bwthyn yn sgleinio fel ceiniog newydd, a'r ychydig o oleuni a ddeuai drwy'r coed yn tywynnu drwy'r ffenestri. Synnais fy hun wrth weld i mi wneud joban iawn ohoni. Bu hi'n sialens, yn rhywbeth i dynnu fy meddwl oddi ar y ddrychiolaeth a eisteddai yn y gadair yn gwylio fflamau'r tân. Petawn i adre, mi fyddwn i wedi cwyno a strancio wrth Mam fod yn rhaid i mi wneud y ffasiwn bethau, ond rŵan, am y tro cyntaf, ro'n i'n falch ei bod hi wedi fy nysgu a 'mod i'n gwybod sut roedd gwneud y gwaith. Fyddai gan Iolo ddim syniad. Wrth gwrs, byddai pethau wedi medru edrych yn well petai gen i holl geriach llnau Mam – codwr llwch a phlu a pholish cŵyr gwenyn i roi sglein go iawn ar y pren. Ond roedd pethau'n edrych yn well, ac ro'n i'n falch.

'Rydw i'n mynd i hel priciau, i wneud brws llawr.'

Edrychodd Baba Hyll arna i o'i chadair, ond ddywedodd hi 'run gair.

Roedd Mam wedi dweud wrtha i ryw dro, fel y

byddai pobol ers talwm yn creu ysgub llawr allan o bren a phriciau. Doedd gen i fawr o obaith y medrwn i wneud un, yn enwedig gan nad oeddwn wedi gweld un o'r blaen, ond waeth i mi drio ddim.

Des o hyd i ddarn hir, main o bren ger y nant a wnâi y tro fel handlen, ac wedi hel digon o briciau a'u torri i'r un maint, cariais y cyfan i'r llannerch y tu allan i'r bwthyn. Byddai'n rhaid i mi glymu'r cyfan at ei gilydd rywsut. Ond doedd gen i ddim math o gortyn na rhaff, a doedd gen i fawr o syniad…

Ymddangosodd Baba Hyll yn ffrâm y drws a'm gwylio yn straffaglu am ychydig eiliadau. Edrychais innau i lawr ar y pren a'r priciau, yn chwilio am ateb i fy mhroblem.

Wrth gwrs! Estynnais i mewn i boced fy jîns am un o'r cadachau, ac wedi i mi ei archwilio, rhwygais un gornel fach ohono â'm dannedd. Wedyn, gan dynnu ar y rhwyg â'm dwylo, daeth un o'r darnau i ffwrdd yn stribed hir, yn union fel llinyn. Clymais y llinyn hwnnw am y priciau, ac yna clymu hwnnw wrth waelod yr handlen. Dyna fo! Ro'n i wedi gwneud ysgub. Edrychais ar Baba Hyll, ond ddywedodd hi ddim byd, dim ond edrych arna i â'i llygad aflan.

Yn ôl yn y tŷ, codais yr ysgub at y nenfwd a chlirio pob un gwe pry cop o'r lle, cyn mynd allan ac ysgwyd y gwe o'r ysgub. Yna, ysgubais bob cornel o'r llawr a chasglu ynghyd bentwr mawr o lwch a baw a budreddi ar garreg y drws, cyn ei frwsio allan. Roedd hi'n dywyll erbyn i mi orffen, ond teimlwn yn falch wrth weld y bwthyn wedi'i drawsnewid.

Unwaith eto cawl oedd i swper, a chefais fy mwyd i yn yr un bowlen ag a ddefnyddiais i olchi'r cadachau budron drwy'r dydd. Ro'n i'n rhy flinedig i feddwl rhyw lawer am hynny, a phan bwyntiodd Baba Hyll at y gwely, ffieiddiais i ddim at y blancedi erchyll fel y gwnes y noson cynt.

Ac eto, chysges i ddim yn syth, chwaith.

Lle'r oedd Mam a Dad? Lle'r oedd hofrenyddion yr heddlu? Lle'r oedd yr holl bobol oedd i fod i fy achub i? Mae'n rhaid eu bod nhw wedi archwilio'r goedwig erbyn hyn... Pam nad oedd unrhyw un wedi dod o hyd i mi?

Mae'n rhaid mai rhyw fath o freuddwyd oedd y cyfan, meddyliais ac eto, rhywsut, gwyddwn nad oedd hynny'n wir. Roedd yr holl brofiadau a gawswn yn teimlo'n real, ac roedd gen i friwiau ar fy nwylo i brofi mor galed ro'n i wedi gweithio yn ystod y dydd.

Yng nghefn fy meddwl, roedd rhywbeth arall yn pigo.

Beth os mai 'nghadw i yma i lanhau a thacluso roedd Baba Hyll ac yna, wedi i mi orffen fy ngwaith, y byddai hi'n fy niweidio? Ddyliwn i fod wedi cymryd fy amser heddiw, er mwyn i'r gwaith gymryd llawer yn hirach cyn i mi ei orffen? Beth petawn i wedi gwneud gormod yn barod? Beth os na fyddwn o unrhyw werth iddi mwyach?

Roedd un peth yn sicr, fyddai fawr o ddaioni'n deillio o'r llygad mawr glas oedd yn fy nilyn i drwy'r dydd. Serch hynny roedd yn rhaid i mi gyfaddef 'mod i'n dechrau dod i arfer â'i phresenoldeb dychrynllyd, ond byddai'n rhaid i mi barhau i fod yn wyliadwrus. Siawns mai eisiau i mi fod fymryn yn fwy cyfforddus oedd hi, fel y byddwn i'n darged haws iddi ymhen peth amser. Fedrwn i ddim gadael i hynny ddigwydd.

Caeais fy llygaid a meddwl am adre. Byddai Mam a Dad mewn stad ofnadwy erbyn hyn, a minnau wedi bod ar goll am fwy na phedair awr ar hugain. Mae'n siŵr y byddai'r heddlu yn y tŷ efo nhw, yn holi cwestiynau. Mi fydden nhw wedi holi Iolo a'i fam hefyd, ac am wybod sut hwyliau oedd arna i'n eu gadael nhw cyn troi am adre. Efallai y bydden nhw'n ystyried y posibilrwydd 'mod i wedi rhedeg i ffwrdd.

Clywais smic fach o sŵn ac agorais fy llygaid. Roedd Baba Hyll ar ei thraed. Llyncais fy ofn – ro'n i wedi bod mor siŵr ei bod hi'n cysgu. Ond doedd hi ddim yn edrych arna i, am unwaith. Na, roedd hi'n archwilio'r ysgub a wnes i'r prynhawn hwnnw, yn cyffwrdd y pren â blaenau ei bysedd esgyrnog ac yn llygadu'r priciau ar y gwaelod. Sylweddolais yn sydyn 'mod i wedi gwneud ysgub i wrach, ac roedd hynny'n ddigon i godi'r wên gyntaf ar fy wyneb ers i mi gyrraedd.

PENNOD 6

Drannoeth, deffroais unwaith eto i weld Baba Hyll yn eistedd ar erchwyn fy ngwely, yn fy ngwylio i'n cysgu. Er i'r un peth ddigwydd y diwrnod cynt, roedd o'n dal yn sioc, a chwyddai'r ofn yn fy mol. Roedd hi mor ofnadwy o hyll, a dim ond rhywun rhyfedd ar y naw fyddai'n gwylio pobol yn cysgu. Eisteddais i fyny yn fy ngwely'n sydyn. Roedd fy nghalon yn drymio.

'Budr,' meddai Baba Hyll yn ei llais cras, gan redeg ei bysedd esgyrnog dros flancedi'r gwely. Doedd hi prin wedi yngan gair, felly ro'n i bron â bod wedi anghofio mor afiach oedd ei llais – fel petai rhywun wedi crafu ochr y car â goriad. Nodiais, a llamu o'r gwely. Allwn i ddim dioddef ei chael hi'n agos ata i.

A hithau'n ddiwrnod clòs ofnadwy, roedd yr ychydig o awyr y medrwn ei weld drwy frigau'r coed yn lliw brownlwyd budr. Roedd storm ar y gorwel.

Tynnais y blancedi oddi ar y gwely. Roedd pedair ohonyn nhw, pob un yn staeniau brown a llwyd ac yn drewi i'r uchelfannau. Bellach ro'n i'n hen gyfarwydd â'r ffordd i'r nant, a phenderfynais mai'r unig ffordd i'w golchi'n iawn oedd eu trochi nhw yn y dŵr, a minnau i ymdrochi hefo nhw. Tynnais fy nhrenyrs a'm sanau

– ew, roedd 'na hen oglau ar y rheiny hefyd, a rholio fy jîns i fyny hyd at fy mhengliniau. Taflais y flanced gyntaf i'r dŵr a'i sgrwbio. Yna dilynais yr un drefn wrth olchi'r tair blanced arall. Wedi'u harchwilio, siom oedd gweld eu bod nhw'n dal yn fochaidd, felly clymais gornel pob blanced wrth foncyff y goeden a ymestynnai dros y nant, a gadael i lif y dŵr olchi'r blancedi. Fyddai hi ddim yn cymryd llawer o amser i'w sychu gan ei bod yn ddiwrnod mor boeth. Byddai Mam yn dweud o hyd wrth fy anfon i allan i'r lein yn yr ardd â llond basged o gynfasau'n ffres o'r peiriant golchi mai gwres cyn storm oedd y sychwr gorau.

Daeth atgof arall i fy meddwl – un annwyl, a gododd don o hiraeth drosta i. Yn fy ngwely ynghanol yr hydref, a'r tywydd yn dechrau troi. Ro'n i'n darllen llyfr, yn swatio'n dynn o dan y blancedi, pan ddaeth Mam i mewn i fy llofft.

'Mae hwn wedi bod yn cynhesu wrth y lle tân,' meddai, gan godi'r flanced wlân yn ei dwylo. 'Mae hi'n noson oer. Ro'n i'n meddwl falla y byddat ti'n lecio cael haen ychwanegol.'

Nodiais, yn gysglyd ar ôl darllen cyhyd. Taenodd Mam y flanced dros y gwely, a chymryd y llyfr o 'nwylo. Ro'n i'n rhy flinedig i ddadlau.

Gosododd Mam y llyfr ar y bwrdd bach, ac eistedd i lawr ar erchwyn y gwely. Gwenodd arna i'n annwyl, a mwytho fy moch yn araf. Doedd hi heb wneud hynny ers hydoedd – fyddwn i byth yn gadael iddi, a minnau mor hen.

Ond ew, roedd o'n deimlad braf.

'Dwi ddim yn fabi,' mwmialais yn gryg.

'Wn i,' meddai Mam, yn dal i fwythau fy moch yn addfwyn.

Mi fyddwn i'n gwneud unrhyw beth i fod efo hi rŵan, yn hytrach na bod yn sefyll mewn nant oer yn trio golchi blancedi hen wrach. Sefais am ychydig, yn trio llyncu'r dagrau o hiraeth yn ôl.

Ar ôl dringo allan o'r nant a gwisgo fy sanau a'm sgidiau cerddais yn ôl i'r bwthyn. Trodd Baba Hyll o'i chadair siglo wrth fy nghlywed i'n dod i mewn.

'Dwi wedi gadael y blancedi yn y dŵr i socian. Mi fyddan nhw'n lân ar ôl rhyw awran.'

Cododd Baba Hyll o'i chadair ac, am y tro cyntaf, sylwais ei bod hi fymryn yn simsan, fel petai codi o'r gadair yn achosi poen iddi. Cerddodd allan o'r bwthyn fymryn yn herciog, a dilynais hi'r holl ffordd tuag at y cwt allan. Agorodd y drws a phwyntio i mewn i'r tywyllwch.

'Coed tân wedi gorffen.'

Nodiais. Ro'n i'n deall yn iawn. 'Rydach chi am i mi nôl mwy i chi.' Craffais i dywyllwch y cwt a gweld hen fwyall ddigon rhydlyd yno. Diolchais i'r drefn nad oeddwn i wedi gweld honno cyn hynny, neu mi fyddwn i wedi teimlo'n llawer mwy nerfus.

Trodd Baba Hyll ei llygad ata i i wneud yn siŵr fy mod i'n deall, cyn troi ar ei sawdl a hercian yn ôl i'r tŷ.

Doedd dod o hyd i goed ddim yn broblem, wrth gwrs, a ninnau ynghanol coedwig. Ond roedd Dad wedi dweud wrtha i sawl tro ei bod hi'n well defnyddio pren oedd wedi syrthio'n naturiol yn hytrach na thorri coeden. Esboniodd y byddai pren felly yn sychu'n gyflymach. Ond fyddai hynny ddim yn llawer o drafferth. Roedd ambell goeden wedi disgyn ar y ffordd o'r bwthyn i'r nant. Y broblem fawr oedd y fwyall am nad oedd fawr o fin arni. Fyddai hi'n dda i ddim i dorri cneuen goco, heb sôn am dorri coed tân. Estynnais y fwyall o'r cwt i'w harchwilio'n iawn. Na, doedd hi'n dda i ddim fel ag yr oedd hi.

Diolch byth, roedd Dad wedi dangos i mi sut oedd hogi bwyall, ac er nad oedd gen i'r teclynnau iawn, dim ond hen garreg oedd ei hangen, ac ro'n i'n siŵr y cawn i ryw fath o fin arni.

I lawr â mi unwaith eto at y nant i chwilio am garreg. Roedd 'na un ar wely'r dŵr a fyddai'n ffitio'n berffaith i gledr fy llaw. Sylwais fod y blancedi'n edrych yn well yn barod, diolch i'r drefn. Byddwn i'n cysgu dipyn yn fwy cyfforddus heno a dillad glân ar y gwely.

Yn ôl yn y llannerch, tynnais y garreg ar hyd llafn y fwyall am bron i hanner awr tan fod y ddwy ochr yn sgleiniog, ac er nad oedd hi mor finiog â bwyall Dad, roedd hi'n hen ddigon da. Dychwelais at y nant i nôl y blancedi, ac ar ôl eu troi a'u troi gan wasgu cymaint o'r dŵr ag y medrwn allan ohonynt nes bod cledrau fy nwylo'n goch, crogais y pedair ar ganghennau isaf coeden, a'u gadael yno i sychu.

Herciodd Baba Hyll o'r tŷ yn cario powlen boeth o gawl yn ei dwylo i mi. Syllodd ar y cynfasau yn sychu wrth i mi fwyta fy mwyd. Roedd hi'n rhyfeddol cymaint o wahaniaeth a wnaeth awr yn y nant iddyn nhw. Er nad oedden nhw'n wyn, roedd rhyw liw hufen digon dymunol ar y cynfasau bellach. Arhosodd yr hen wrach tan i mi orffen fy mwyd, ac i ffwrdd â hi yn ôl i'r tŷ yn cario'r bowlen wag.

Roedd gwaith y prynhawn dipyn yn anoddach.

Llif oedd ei hangen. Clamp o lif fawr, ac iddi ddannedd miniog. Ond doedd dim un yn y cwt, felly roedd yn rhaid mynd ati i dorri'r goeden oedd wedi syrthio â'r fwyall. Chwysais i erioed gymaint, na gweithio mor galed. Roedd y goeden mor drwchus, a minnau ond wedi arfer torri coed mân i ddechrau tân. Petawn i wedi bod adre, mi fyddwn i wedi gadael y joban ar ei hanner ac wedi'i heglu hi i'r gawod. Erbyn hyn ro'n i'n laddar o chwys, ond doedd gen i ddim dewis ond dal ati. Beth fyddai'n digwydd i mi petawn i'n mynd i mewn i'r bwthyn ac yn dweud wrth Baba Hyll na fedrwn i gwblhau'r dasg? Ro'n i'n hollol sicr mai dyna fyddai fy niwedd i.

Roedd Dad yn gwneud i bopeth edrych mor hawdd.

Byddai o'n dod i'r tŷ ar ôl awr yn yr ardd, ei freichiau'n llawn coed tân. Yn amlach na pheidio, byddai oglau mwg ar ei ddillad ar ôl iddo fod yn procio coelcerth wrth dorri coed.

Roedd o wedi gwneud coelcerth fach wrth Pwll Mawr ychydig wythnosau 'nôl pan aeth y ddau ohonom i wersylla yn y llecyn bach coediog yn ymyl yr afon yng nghesail Moel Rhiwen. Mi fydden ni'n gwneud hynny weithiau, yn mynd â'r babell fach ac yn treulio amser yn coginio dros dân ac yn chwarae cardiau yn y golau egwan.

'Ti'n ennill bob tro!' Ysgydwodd Dad ei ben wrth i mi ei guro fo eto mewn gêm o gardiau. 'Mi gest ti athro da, mae'n rhaid.' Winciodd arna i. Fo oedd wedi 'nysgu i.

Ar ol tun o fîns wedi ei gynhesu dros y tân, aeth y ddau ohonom i'n sachau cysgu yn y babell, a gorwedd yn y tywyllwch yn gwrando ar yr afon.

'Dad?'

'Ia?'

'Ydach chi'n meddwl bod Mam yn hiraethu amdanon ni?'

Chwarddodd Dad. 'Ma'n siŵr ei bod hi wrth ei bodd yn cael chydig o lonydd.'

Bu saib am ychydig. 'Dad?'

'Ia?'

'Gawn ni gario 'mlaen i wneud hyn, hyd yn oed pan dwi'n hŷn? Mynd i wersylla, dwi'n feddwl.'

'Wel, rwyt ti *yn* ddyn, bron â bod. Ond cawn, siŵr. Wsti, roedd fy nhad yn arfer mynd â fi i wersylla, yn yr union fan yma.'

Dechreuodd Dad ar un o'i hanesion amdano'n blentyn, yr hanesion ro'n i wrth fy modd efo nhw bob tro.

Meddyliais am yr hyn ddywedodd o. 'Mod i'n ddyn, bron â bod. Do'n i ddim yn teimlo fel dyn, ac eto, do'n i ddim yn teimlo fel plentyn chwaith.

Yma, yn y goedwig gyda Baba Hyll, roedd yn rhaid i mi fyhafio fel dyn – fedrwn i ddim crio fel plentyn bach, rhag ofn i mi ei gwylltio hi. Roedd rhaid i mi feddwl o hyd – be fyddai Dad yn ei wneud?

Ac felly, bum awr ar ôl i mi orffen fy nghinio, dechreuais gario'r bwndel cyntaf o'r coed i mewn i fwthyn Baba Hyll – darnau o goed wedi'u torri mewn siapiau od, ond wnaeth Baba Hyll ddim cwyno. Ro'n i bron yn ddigon blinedig i gwympo i gysgu yn y fan a'r lle, a dim ond darn cymharol fach o'r goeden y llwyddais i'w dorri'n goed i'w llosgi ar y tân. Ond roedd hynny'n ddigon i lenwi darn o'r cwt a'r gwagle wrth y lle tân. Cedwais y fwyall yn y cwt, a mynd i nôl y cynfasau oddi ar y canghennau. Roedden nhw'n sych erbyn hyn ac yn arogli o awyr iach.

Prin y medrwn ddal fy llwy'r noson honno i fwyta fy nghawl, cymaint oedd y swigod mawr ar gledrau fy nwylo. Gwelais fod Baba Hyll yn fy ngwylio i'n cael trafferth, ond ddywedodd hi ddim gair.

Chefais i ddim cyfle i feddwl am Mam na Dad cyn cysgu'r noson honno er i'w hwynebau caredig fflachio o flaen fy llygaid wrth i mi eu cau mewn blinder. Doedd gen i mo'r egni i deimlo ofn hyd yn oed ac, am y tro cyntaf, cysgais mewn blancedi glân heb feddwl i ba gyfeiriad roedd llygad glas Baba Hyll yn edrych...

Dwn i ddim am ba hyd y cysges i'r noson honno, dim ond i mi gael fy neffro ynghanol y tywyllwch, gan sŵn taranau yn llenwi'r goedwig. Goleuodd y bwthyn wrth i fellten rwygo'r nen, ac wedi i'r tywyllwch ddychwelyd, cymerodd fy llygaid ychydig eiliadau i ddod yn gyfarwydd â golau oren y tân unwaith eto.

Roedd cadair Baba Hyll yn siglo. Roedd hi'n effro.

Dal i bistyllio ar do'r bwthyn roedd y glaw, a gallwn glywed sŵn arall yn agos hefyd, sŵn dŵr yn llifo. Neidiais o'r gwely wrth i mi sylweddoli beth oedd yn bod.

'Mae dŵr yn dod drwy'r to,' meddwn wrthi o'm gwely.

Yn nwy gornel y bwthyn, llifai'r dŵr i mewn yn ffrwd gyson. Rhuthrais at Baba Hyll, ond wnaeth honno ddim arwydd ei bod hi'n fy nghlywed i, dim ond dal i syllu i ganol y tân. Ond roedd rhywbeth yn y ffordd y siglai yn ei chadair a wnâi i mi feddwl bod arni ofn.

Eisteddais ar fy ngwely, gan wrando ar y storm. Ro'n i'n mwynhau storm pan fyddwn i'n gyfforddus adre. Byddwn i a Mam a Dad yn eistedd yn y ffenest yn gwylio'r mellt, yn gwrando ar sŵn y taranau, ac yn clywed y glaw yn stido'r to uwch ein pennau. Weithiau, byddai Mam yn ymestyn am flanced lân i mi o'r cwpwrdd crasu ac yn ei lapio o amgylch fy ysgwyddau. Byddai'r tri ohonon ni'n teimlo'n hollol glyd, yn hollol saff yn ein cartref bach yn ystod yr adegau hynny.

Roedd bod mewn storm yn hollol wahanol mewn bwthyn bach yng nghwmni gwrach ddieflig, a'r glaw yn pistyllio drwy'r nenfwd. Gan fod y to mewn ffasiwn stad, mae'n beryg mai dim ond un fellten fyddai ei hangen i hollti'r to a gwneud iddo gwympo ar ein pennau.

Ac eto, roedd ar Baba Hyll fwy o ofn na fi. Ond roedd ei chadair hi a'm gwely innau'n sych, a dyna oedd yn bwysig am heno. Teimlwn yn rhy flinedig i aros yn effro yn gwrando ar y storm, waeth pa mor dymhestlog oedd hi.

Heb feddwl, codais ar fy nhraed a thynnu un o'r blancedi glân oddi ar fy ngwely. Troediais ar draws y bwthyn, a gosod y flanced dros bengliniau Baba Hyll. Ro'n i'n hanner disgwyl ei gweld hi'n ei thaflu yn ôl ata i, ond wnaeth hi ddim.

Dychwelais i 'ngwely, a gorwedd. Cyn troi i gysgu, cymerais un olwg arall ar Baba Hyll yn ei chadair siglo, a sylwi nad oedd y gadair yn siglo mwyach.

PENNOD 7

Agorais fy llygaid a chael sioc o'i gweld yn eistedd ar erchwyn fy ngwely eto. Er i mi gael digon o dystiolaeth i awgrymu yn ystod y deuddydd diwethaf na fyddai hi'n torri 'mhen i ffwrdd a'm bwyta i frecwast, fedrwn i ddim peidio â neidio mewn braw. Daliai y blanced a roddais iddi ganol nos yn ei dwylo.

Edrychais o amgylch y bwthyn. Roedd y llawr yn sgleinio oherwydd y gwlybaniaeth a ddaeth drwy'r to tyllog.

'Oes gynnoch chi ysgol?' gofynnais, cyn iddi ddweud gair.

Cododd Baba Hyll ar ei thraed, ac arwain y ffordd allan o'r tŷ. Roedd y tir yn fwdlyd, ond roedd ffresni newydd i'w deimlo yn yr awyr a'r glaw wedi peidio'n llwyr.

Arweiniodd Baba Hyll fi y tu ôl i'r cwt, a phwyntio at hen ysgol rydlyd a bwysai yn erbyn y wal gefn. Doedd hi ddim yn edrych fel petai'n medru dal pwysau person. Ochneidiais, ond doedd gen i ddim dewis.

Ar ôl i Baba Hyll ddiflannu i'r tŷ, gan hercian yn waeth nag a wnaethai cynt, estynnais yr ysgol a'i gosod yn erbyn un o waliau'r bwthyn. Ro'n i wedi sylwi ar ambell lechen oedd wedi syrthio ar y llawr y tu ôl i'r tŷ, ac felly i ffwrdd â fi i nôl y rheiny. Byddai angen cerrig bach hefyd, ac es i chwilota am rai wrth y nant.

Cymerais bum munud i olchi fy wyneb a 'nwylo poenus yn y nant. Teimlai'r dŵr oer yn hyfryd ar fy nghledrau, a dechreuodd fy meddwl grwydro.

Roedd rhywbeth o'i le. Pam nad oedd Mam a Dad wedi dod i chwilio amdana i?

Fedrai hyn ddim bod yn hunllef, roedd y boen ar fy nwylo'n rhy real. Nid pethau fel hyn oedd breuddwydion, ond hanner meddyliau niwlog a fyddai'n diflannu fel stêm pan agorai rhywun ei lygaid yn y bore. Ond os nad hunllef oedd hyn, pwy yn y byd oedd Baba Hyll? Pam oedd hi wedi fy herwgipio, a beth oedd hi am ei wneud i mi?

Teimlwn yn emosiynol y bore hwnnw wrth y nant, gan feddwl yn siŵr fod popeth a fu gen i wedi'i golli am byth – Mam, Dad, hyd yn oed Iolo a'i fam oedd yn ei sbwylio'n rhacs. Beth os na welwn i nhw byth eto? Beth pe bai Baba Hyll yn fy lladd wedi i mi orffen gwneud y gwaith o dacluso a thrwsio drosti o gwmpas y tŷ? Neu beth os mai dyma fyddai patrwm fy mywyd yn y dyfodol – crwydro o gwmpas y bwthyn yn trio mendio'r hen le, a Baba Hyll yn bwydo hen gawl madarch i mi bob dydd?

Gorfodais fy hun i godi ar fy nhraed a cherdded yn ôl at y bwthyn. Roedd yn rhaid i mi beidio â theimlo trueni drosof fi fy hun. Roedd yn rhaid i mi goelio bod Mam a Dad ar fin dod o hyd i mi, ar fin dod ar draws y bwthyn.

Cymerais ofal wrth ddefnyddio'r ysgol, yn gweddïo y medrai gymeryd fy mhwysau. Dringais i fyny'n araf, un ris ar y tro, a'r llechi dan fy nghesail a'r cerrig mân ym mhoced fy jîns. Trwy ryw ryfedd wyrth, wnaeth yr ysgol ddim gwegian na thorri.

Yn wahanol i'r holl bethau eraill y bûm i'n eu gwneud yng nghartref Baba Hyll, roedd hon yn un joban na wyddwn i ryw lawer amdani. Er mor dda oedd Dad am weithio ar y tŷ, doedd o ddim yn cyffwrdd pen ei fys yn y to – joban i adeiladwr proffesiynol fyddai honno, ac un ddigon peryg hefyd. Er mai bwthyn bach isel oedd hwn, o'r to edrychai'r llawr yn ofnadwy o bell.

Diolch byth, roedd Dad wedi dweud wrtha i unwaith mai defnyddio hoelion y byddai adeiladwyr i gadw'r llechi yn eu lle, ond doedd gen i ddim hoelion. Rhoddais y llechi'n ôl yn y mannau lle gwyddwn fod rhai ar goll, a cheisio'u cadw yn eu lle mor saff â phosib drwy ddefnyddio'r cerrig bach. Ar ôl gweithio'n ddyfal am amser hir, roedd y llechi'n ymddangos yn ddigon sownd, a symudais yr ysgol i ochr arall y to er mwyn trwsio'r fan honno.

Bûm i'n gweithio am hydoedd, a'm calon yn fy llwnc gan nad oeddwn yn gyfforddus ag uchder. Roedd y to'n llithrig ar ôl glaw neithiwr, ac er nad oedd hi wedi bwrw ers oriau, roedd dafnau'n dal i syrthio oddi ar frigau'r coed uwchben. Bu bron i mi â llithro droeon, ond, ganol y prynhawn, dringais i lawr o'r ysgol am y tro olaf, mor sicr ag y medrwn i fod na fyddai'r tu mewn i'r bwthyn yn cael ei socian yn ystod y gawod nesaf o law.

Peth rhyfedd, hefyd, ond doedd Baba Hyll heb ddod â chawl i mi amser cinio.

Dychwelais yr ysgol i'w lle y tu ôl i'r cwt, a cherdded i dywyllwch y bwthyn. Cododd Baba Hyll o'i chadair wrth fy nghlywed, a symud draw at y crochan. O'r diwedd! Efallai fod cawl madarch yn ddiflas ond roedd o'n llenwi twll, ac ro'n i ar lwgu.

Ond wrth iddi ymestyn am y llwy fawr i dollti'r cawl i'r bowlen, sylwais fod Baba Hyll yn cael trafferth mawr dal gafael yn y llwy. Gwnâi ei gorau i gau ei bysedd o'i chwmpas ond roedd hi'n methu'n lan â gwneud hynny.

'Cawl,' meddai yn ei llais cryg, a symud o'r ffordd i mi gael nôl y cawl fy hun. Ufuddheais, gan dollti'r cawl madarch i fy mhowlen, ac eistedd wrth y bwrdd. Bwytais y cyfan, gan gadw un llygad ar gefn Baba Hyll, wrth iddi eistedd o flaen y tân yn ei chadair siglo.

Wedi i mi orffen, dychwelais y bowlen yn ôl i'w silff yn y gornel, a throi at Baba Hyll.

'Cryd cymalau sydd arnoch chi?'

Edrychodd Baba Hyll arna i heb ateb. Roedd ei dwylo'n gam fel gwreiddiau coeden.

'Mae o gan Nain, yn enwedig ar ddiwrnodau fel heddiw pan mae hi'n damp ar ôl y glaw.'

Gosodais y bowlen yn ôl ar y silff, a'i heglu hi allan drwy'r drws.

Pam wyt ti'n gwneud hyn? gofynnais yn dawel i mi fy hun wrth gerdded tuag at y nant i lenwi'r bowlen â dŵr. Pam wyt ti'n glên wrth rywun mor ddychrynllyd?

Yn ôl yn y bwthyn, deuthum o hyd i gornel fach o'r tân oedd yn ddigon gwastad i gynhesu'r dŵr, a gosod y bowlen arno. 'Mi fydda i 'nôl pan fydd o'n berwi,' meddwn wrth Baba Hyll, heb edrych arni.

Hel priciau wnes i wedyn. Syniad gwirion ar ôl yr holl law, a dweud y gwir, ond do'n i ddim am eistedd o gwmpas y bwthyn yn aros i'r dŵr ferwi. Cymerais chwarter awr i grwydro'r tir o gwmpas y bwthyn, a dod â llond côl o briciau yn ôl i'w cadw yn y cwt.

Yn y bwthyn, roedd swigod yn dechrau codi o'r dŵr yn y bowlen fach, arwydd ei fod yn poethi, ond nad oedd eto'n berwi. Tynnais y bowlen oddi ar y tân gan ddefnyddio un o'r cadachau i'm harbed rhag llosgi fy nwylo, cyn tynnu cadach arall, un lân, o boced cefn fy jîns. Rhoddais hwnnw yn y dŵr a sicrhau ei fod o'n socian yn y dŵr cynnes.

'Dwi am ei roi o am eich dwylo chi,' meddwn yn nerfus, gan deimlo'n ansicr ynglŷn â beth yn y byd fyddai ymateb Baba Hyll. Ond, er mawr syndod i mi, estynnodd ei dwylo cam, hir ata i.

Ar ôl gwasgu'r rhan fwyaf o'r dŵr ohono, lapiais y cadach gwyn o amgylch ei dwylo crebachlyd. Dyna'r agosaf y bûm ati, ac ro'n i'n ofalus i beidio â chyffwrdd yn ei chroen. Ar ôl i mi rwymo ei dwylo, codais o'm cwrcwd a cherdded yn ôl at y nant er mwyn cael mwy o ddŵr glân, a rhoi hwnnw ar y tân. Tra oedd y dŵr yn berwi, dihengais i'r awyr iach i drio mendio rhyw fymryn ar do'r cwt. Yna, yn ôl i'r tŷ a thynnu'r rhwymyn, a'i fwydo yn y dŵr poeth unwaith eto, cyn ei lapio drachefn o amgylch dwylo crebachlyd Baba Hyll. Yn ôl i'r nant wedyn i nôl mwy o ddwr i'w ferwi, a mwy o drwsio a thacluso. A throsodd a throsodd, gan sicrhau nad oedd y rhwymau am ddwylo Baba Hyll yn cael cyfle i oeri o gwbl. Roedd hi mor dywyll erbyn i mi nôl y powlennaid olaf o ddŵr, bu bron i mi â chwympo i mewn i'r nant dros fy mhen a 'nghlustiau.

Wedi tynnu'r rhwymyn am y tro olaf, a sychu ei dwylo â chadach, llyncais fy mhoer cyn troi i wynebu Baba Hyll a gofyn, 'Ydy'ch dwylo chi'n well rŵan?'

Cododd Baba Hyll yn bwyllog o'i chadair, ac estyn yn araf i'r silff yn y gornel am un o'r powlenni bwyd. Caeodd ei llaw o amgylch y llwy fawr, a thollti cawl i'r bowlen yn ddidrafferth. Trodd i edrych arna i.

'Dwi'n falch ei fod wedi bod o help,' meddwn yn dawel.

Eisteddodd y ddau ohonon ni wrth y bwrdd yn bwyta'n cawl ac, am y tro cyntaf, teimlwn nad oedd unrhyw densiwn rhyngdda i a Baba Hyll. Nid nad oedd hi'n fy nychryn i, chwaith. Roedd ei golwg hi'n ddigon i godi ofn ar y dewraf, ond efallai nad o'n i mor sicr bellach fod ganddi unrhyw fwriad i wneud drwg i mi. Ar ôl i ni fwyta, eisteddodd y ddau ohonon ni am ychydig, gan wrando ar glecian y tân. Ro'n i wedi blino'n lân ond, yn wahanol i'r deuddydd blaenorol, roedd o'n rhyw flinder braf.

Ro'n i ar fin codi a symud at y gwely pan agorodd Baba Hyll ei cheg i siarad.

'Sut wyt ti'n gwybod cymaint?'

Roedd o'n un o'r brawddegau hiraf y clywais i hi'n ei llefaru, ac roedd rhyw anwylder i'r cwestiwn. Roedd geiriau clên yn swnio'n rhyfedd yn dod o geg mor hyll.

'Efo'r cadachau poeth a'r cryd cymalau? Mae Nain yn dioddef. Mae Mam yn... '

Caeais fy llygaid yn dynn, a daeth hiraeth fel mellten, a bron iawn â chodi dagrau. Medrwn eu gweld nhw rŵan, yn fy nghof – Nain yn ffwndrus wrth fwrdd y gegin, a Mam yn eistedd nesaf ati â phowlennaid o ddŵr yn stemio o'u blaenau. Mam yn gwlychu gwlanen ac yn ei lapio o gwmpas dyrnau stiff Nain, yn siarad yn fwyn â hi, yn adrodd hen hanesion am yr adeg pan oedd Taid yn fyw a Mam yn hogan fach...

'Peidiwch â symud, Mam,' meddai Mam wrth Nain. 'Rhowch amser i wres y dŵr gyrraedd eich esgyrn chi.'

'Diolch am fy helpu i,' atebodd Nain yn dawel.

Wfftiodd Mam yn syth. 'Twt lol. Tydi o'n ddim byd.'

'Roedd rhaid i mi wisgo siwmper heddiw. Fedrwn i ddim cau'r botymau ar fy nghardigan.'

'Peidiwch â phoeni. Mi ddaw. Mi fyddwch chi'n gwau eto unwaith iddi gynhesu.'

Ac yna gwenodd y ddwy ar ei gilydd yn annwyl, heb wybod 'mod i'n eu gwylio nhw.

Codais o'm lle wrth y bwrdd, a symud at y gwely. Do'n i ddim am i'r wrach weld deigryn.

Am y tro cyntaf, trois fy nghefn ar weddill y bwthyn wrth gysgu, gan wynebu'r wal. Roedd yr hiraeth am adre yn ddigon i godi poen yn fy mol, ac fe wyddwn i pam.

Ro'n i wedi gofyn i mi fy hun wrth gerdded at y nant pam ro'n i'n glên wrth rywun nad oedd yn glên efo fi? Ac wedyn, roedd cwestiwn Baba Hyll wrth y bwrdd yn dal i droi yn fy meddwl. 'Sut wyt ti'n gwybod cymaint?'

Yr un oedd yr ateb i'r ddau gwestiwn.

Am mai dyna y dysgodd fy rhieni i mi.

PENNOD 8

Cysgais yn drwm drwy'r nos. Pan ddeffrais drannoeth, doedd Baba Hyll ddim yn eistedd ar erchwyn fy ngwely. Eisteddai yn ei chadair, a honno'n siglo fel y gwnaethai yn ystod noson y storm.

Tybed a wnes i rywbeth o'i le? O'n i wedi'i gwylltio hi?

Wnaeth Baba Hyll ddim troi i edrych arna i, hyd yn oed pan godais o'r gwely, felly penderfynais fynd allan i dorri mwy o goed i'w rhoi ar y tân. Gwyddwn fod digon o goed yn y cwt, ond fedrwn i ddim meddwl am unrhyw dasgau eraill. Byddai'n rhaid i mi ffeindio pethau i'w gwneud.

Gweithiais yn galed drwy'r bore, er 'mod i'n cymryd mwy o amser nag y gwnes i'r tro cynt. Doedd dim brys arna i. Pan ddaeth canol dydd, i mewn â mi i'r bwthyn a'm breichiau'n llawn o goed tân, gan obeithio cael cinio. Yn ôl ei harfer, cododd Baba Hyll a rhoi cawl yn fy mhowlen. Eisteddais wrth y bwrdd ond, y tro hwn, wnaeth Baba Hyll ddim dod ata i i eistedd. Safodd wrth y tân yn fy ngwylio i'n bwyta.

Dechreuais chwysu. Oedd hi wedi sylwi fy mod i'n arafach wrth fy ngwaith? Oedd hi'n sylweddoli nad oedd fawr o ddefnydd i mi yma rhagor? Beth oedd ei chynlluniau ar fy nghyfer i?

O'r diwedd, gorffennais fy nghawl a gwthio'r bowlen i'r naill ochr. Bu tawelwch chwithig.

Yn lle cadw'r bowlen, croesodd Baba Hyll yr ystafell at y cwpwrdd cornel. Yn araf a phwyllog, agorodd y drôr, yr un y gwrthododd i mi ei lanhau. Roedd hynny'n teimlo fel blynyddoedd yn ôl.

Dyma ni, meddyliais yn dawel, gan deimlo'r lwmp yn chwyddo yn fy llwnc. Roedd hi'n mynd i 'mrifo i, fy lladd i hyd yn oed yn union fel y gwnaeth hi i Janet a'i mam.

Ac yna, cyn tynnu cynnwys y drôr allan, trodd Baba Hyll ei hwyneb tuag ata i a gwyddwn yn syth, er na fedra i ddweud sut y gwyddwn i, nad oedd hi am wneud unrhyw niwed i mi. Am y tro cyntaf, roedd rhyw emosiwn yn yr un llygad glas golau.

Llun oedd yn y drôr, llun mewn ffrâm euraidd oedd bellach yn fudr. Caeodd Baba Hyll y drôr drachefn, cyn dod draw at y bwrdd a gwthio'r ffrâm tuag ata i.

Y bwthyn yma! Yr un lle, ac eto'n wahanol. Yn oleuach, rhywsut, a'r llun du a gwyn yn dal rhyw heulwen na welswn i mohono yma erioed. O flaen y drws, safai tri ffigwr yn dalsyth gan wenu'n llydan ar y camera – mam a thad, dyfalais, a'u plentyn. Dynes fawr, gref oedd y fam yn gwisgo ffrog dywyll a'i gwallt mewn pelen ar ei phen. Edrychai fel petai ar fin chwerthin yn uchel. Dyn tal a thenau oedd y tad a chanddo fwstás mawr trwchus dan ei drwyn, a gwên garedig, foddhaus ar ei wyneb. Rhwng y ddau safai merch fach rhyw chwe neu saith blwydd oed, a chanddi ddwy blethen felen yn llifo i lawr ei ffrog haf, a gwên fodlon ar ei hwyneb.

Roedd rhywbeth yn gyfarwydd am ei llygaid.

'Chi ydi hon!' ebychais mewn syndod, gan edrych o'r llygad glas i lawr i lygaid y ferch fach dlws yn y llun.

'Tydw i ddim wedi bod… fel hyn… erioed,' meddai Baba Hyll yn gras ond yn dawel.

Craffais ar y llun unwaith eto, a gweld rhywbeth cyfarwydd yn wynebau ei rhieni. Roedden nhw'n edrych ar eu plentyn fel roedd rhieni Iolo'n edrych arno, fel petai o'n berffaith, fel petai hi'n amhosib iddo fedru gwneud unrhyw beth o'i le.

Cydiodd Baba Hyll yn y llun a'i osod yn ôl yn y drôr. Oedodd am eiliad wedyn, fel petai'n trio meddwl am y peth iawn i'w ddweud.

'Ro'n i eisiau i ti wybod,' meddai'n dawel. Deallwn yn iawn beth oedd ei bwriad. Roedd hi am i mi weld ei bod hithau, amser maith yn ôl, fel fi.

'Be ddigwyddodd?' gofynnais yn dawel, gan feddwl am ei rhieni. Ond camddeallodd Baba Hyll fy nghwestiwn.

'Roedden nhw'n fy ngharu i. Ond wnaethon nhw mo 'nysgu i.'

Lledodd tawelwch ac ymhen ychydig, penderfynais

fynd allan i dorri mwy o goed. Doedd dim byd arall i'w ddweud.

Roedd fy meddwl ar ras wrth weithio'n ddiwyd. Sut oedd hi wedi byw yma cyhyd heb fod neb yn gwybod amdani? Be ddigwyddodd i'w rhieni? Be oedd wedi digwydd i'w llygad?

Roedd y rhain yn gwestiynau na fedrwn eu gofyn iddi, ond roedd gen i ddychymyg. Wedi byw ar gawl oedd hi, yn hel madarch neu beth bynnag arall oedd yn tyfu mewn lle llaith fel hyn. Doedd hi heb weld yr angen i adael y goedwig o gwbl. Mae'n rhaid bod ei rhieni wedi marw ers blynyddoedd a'u bod wedi'u claddu yng nghyffiniau'r bwthyn. Mae'n siŵr mai wedi cael damwain yn ei llygad oedd hi a heb feddwl mynd at y meddyg am gymorth. Mae'n rhaid ei bod hi wedi pwytho'i llygad ei hun. Aeth cryndod drwydda i wrth feddwl am y peth. Doedd ganddi ddim tabledi na moddion lladd poen – mae'n rhaid ei fod o wedi bod yn annioddefol.

Y noson honno, ar ôl swper, mentrais wneud cynnig.

'Rydw i'n cofio Mam yn dangos i mi sut roedd glanhau metel efo llwch o'r tân... Mi fedrwch chi dynnu'r llun allan o'r ffrâm ac mi wna i fy ngorau i'w lanhau. Mi gewch chi gadw'r llun allan wedyn fel y gellwch ei weld bob dydd.'

Edrychodd Baba Hyll arna i am funud, a gweddillion

ei chawl yn dripian ar hyd ei ffrog. Cododd yn araf i nôl y llun cyn eistedd drachefn. Gydag arafwch a gofal fel petai'n trin un o'r gemau mwyaf gwerthfawr yn y byd, agorodd gefn y ffrâm, a thynnu'r llun allan â'i hewinedd melyn hirion. Gwthiodd y ffrâm tuag ata i.

Wedi i mi dynnu'r gwydr oddi arno, es at y lle tân, ac estyn cadach o 'mhoced gefn. Yn union fel roedd Mam wedi dangos i mi, codais ychydig o'r llwch, ei roi ar gefn y cadach, a rhwbio'r ffrâm yn galed, gan fynd yn ofalus i bob cornel fach. Roedd o'n gweithio! Treuliais ryw hanner awr yn rhwbio, a'i orffen drwy ddefnyddio côt o boer, ac erbyn i mi roi'r ffrâm yn ôl i Baba Hyll, roedd yn sgleinio fel newydd.

Rhoddodd Baba Hyll y gwydr a'r llun yn ôl yn y ffrâm, a chau'r cefn. Trodd y ffrâm drosodd yn ei dwylo cam gan edrych i lawr arno.

'Sut?'

'Mae'n hawdd, wchi, Baba Hyll! Y cyfan sy'n rhaid ei wneud ydi… '

O na! Rhoddais fy llaw dros fy ngheg wrth sylweddoli fy nghamgymeriad. Ddyliwn i ddim fod wedi'i galw hi'n Baba Hyll! Roedd hynny'n greulon.

'… rydach chi'n rhwbio'r lludw i mewn i'r metel, ac wedyn… ' dechreuais eto, ond methais â smalio. 'Mae'n ddrwg gen i.'

Ddywedodd hi ddim gair, dim ond eistedd yno'n troi'r ffrâm yn ei dwylo. Ar ôl ychydig, codais i fynd i'r gwely. Roedd gen i gymaint o gywilydd. Ro'n i mor haerllug ac wedi anghofio bod yn sensitif i deimladau rhywun arall.

Wrth i mi orwedd yn y gwely, daeth ei llais cras o ochr arall y bwthyn. 'Mae gen i enw.'

Agorais fy llygaid, a llyncu fy mhoer. 'Be ydy'ch enw chi?'

Daeth yr ateb dros dawelwch y bwthyn. Enw nad oedd yn gweddu o gwbl i'r ddrychiolaeth a eisteddai wrth y bwrdd.

'Heulwen,' meddai.

PENNOD 9

Rydw i'n credu i flinder y dyddiau blaenorol fy nharo i dros nos, ac mi gysgais yn hir ac yn hwyr. Doedd gen i ddim ffordd o wybod faint o'r gloch oedd hi, ond roedd Baba Hyll eisoes wrth y bwrdd yn bwyta pan agorais fy llygaid.

Dylyfais fy ngên, ac eistedd i fyny. Trodd Baba Hyll i edrych arna i. Er i mi fod yno ers rhai dyddiau erbyn hyn, fedrwn i ddim dweud beth oedd ar ei meddwl hi o hyd gan fod ei llygad hi'n hollol wag. Fedrwn i ddim dweud fod arna i ei hofn, ond roedd rhywbeth wedi newid. Yn ystod y diwrnod diwethaf, ers i mi weld y llun ohoni hi'n blentyn, do'n i ddim wedi meddwl nac wedi sylwi cymaint ar erchylltra ei hwyneb.

Wrth sipian fy nghawl, cofiais sut y gwnaeth fy nghalon i neidio wrth i mi ei gweld hi ar y llwybr y tro cyntaf hwnnw – y gwallt arian, y geg ddiwefus a'r llygad mawr. Roedd hi wedi 'nychryn i'n ofnadwy bryd hynny, ond doedd Baba Hyll ddim wedi 'mrifo i o gwbl nac wedi dangos unrhyw awydd i wneud hynny.

Ar ôl i mi orffen, codais o 'nghadair, a phenderfynu mynd i dorri mwy o goed. Fedrwn i ddim meddwl am unrhyw beth arall roedd angen ei wneud. Ond wrth i mi godi a symud at y drws, daeth ei llais cras i'm clustiau.

'Na,' crawciodd yn wan.

Trois i'w hwynebu. Roedd hi'n eistedd ac yn fy llygadu i'n dawel.

'Ydach chi am i mi wneud rhywbeth arall?'

'Adre,' meddai Baba Hyll.

Crynodd rhywbeth yn fy mherfedd, ond fedrwn i ddim gadael i mi fy hun gredu'r hyn ro'n i'n meddwl roedd hi'n trio'i ddweud.

'Be 'dach chi'n feddwl?'

Swniai fy llais fy hun yn gryg.

'Dos adre.'

Roedd hi'n gadael i mi fynd! Am ryddhad! Mi fyddwn i'n cael gweld Mam a Dad, cael bod yn fy llofft fach i a chysgu yn fy ngwely bach clyd ac mi gawn fwyta rhywbeth heblaw cawl...

''Dach chi am adael i mi fynd?'

Cododd Baba Hyll yn araf, a syllu arna i dros y bwrdd. 'Doedd dim rhaid i ti ddod yma a doedd dim rhaid i ti aros...'

Crychais fy nhalcen mewn penbleth. 'Ond... '

Meddyliais am y foment gyntaf y gwelais i hi. Roedd hi wedi amneidio arna i i'w dilyn hi ac wedi fy arwain i yma, wedi mynnu 'mod i'n helpu.

Neu... wedi *gofyn* am help.

Eisteddais ar y gadair, a 'mhen yn dechrau troi. Doedd hi heb fy ngorfodi i wneud dim. Dim ond wedi gofyn i mi ei dilyn. Wnes i ddim dweud 'mod i eisiau mynd adre. Dim ond ufuddhau i bopeth a ddywedodd hi, am fod arna i ofn y byddai hi'n fy mrifo petawn i'n gwrthod.

Doedd hi ddim wedi fy herwgipio i. Fi oedd wedi mynd efo hi o 'ngwirfodd.

Beth petai hi'n hen ddynes arall? Un o'r rhai oedd yn byw yn y pentref, un o'r rheiny â gwallt gwyn yn gwisgo sbectol ar flaen eu trwyn? Beth petai un o'r rheiny yn gofyn i mi lanhau tŷ a thrwsio to a thorri coed? Fyddwn i byth wedi cytuno i wneud hynny. Mi fyddwn i wedi gwneud rhyw esgus, a'i heglu hi oddi yno. Ond roedd arna i ormod o ofn Baba Hyll i ddweud na. Pam?

Gwyddwn yn iawn, ac roedd yr ateb yn codi cywilydd arna i. Roedd arna i ei hofn hi am ei bod hi'n hyll.

Roedd 'na ddigon o bobol ddrwg yn y byd – ro'n i wedi clywed sôn amdanyn nhw ganwaith ar y newyddion. Ond pobol normal oedd y rhan fwyaf o'r rheiny, pobol oedd yn edrych fel pawb arall. Ro'n i'n gwybod hynny, ac eto ro'n i wedi penderfynu cyn gynted i ag y gwelais hi mai dynes aflan oedd Heulwen.

Doedd hi heb wneud unrhyw beth milain, na chas, na bygythiol. Ro'n i wedi cymryd ei bod hi'n ddrwg oherwydd y ffordd roedd hi'n edrych ac yn gwisgo, ac roedd hynny wedi bod yn gamgymeriad mawr.

Codais ar fy nhraed, yn awyddus i droi am adre cyn 'mod i'n cael gormod o amser i bendroni. 'Wn i ddim pa ffordd…'

'Dilyn y nant,' crawciodd Baba Hyll.

Nodiais yn fud, a throi ar fy sawdl. Gadewais y bwthyn tywyll am y tro olaf, ond wedi croesi'r trothwy, trois yn ôl.

'Mi gewch chi ddod efo fi,' meddwn, heb feddwl yn iawn oblygiadau'r hyn ro'n i'n ei ddweud. 'Mi fydd y meddygon yn medru sortio'ch llygaid chi, a'r cryd cymalau…'

Ysgydwodd Baba Hyll ei phen yn araf.

'Ond pam?' gofynnais yn daer.

Mi fyddai pethau gymaint yn haws iddi ynghanol pobol eraill.

'Tydi'r byd ddim yn hoff o bobol fel fi.'

Agorais fy ngheg i ddadlau, cyn ei chau drachefn. Roedd hi'n iawn. Ro'n i fy hun wedi bod yn agos at lewygu mewn ofn pan welais i ei hwyneb hi am y tro cyntaf. Doedd y byd ddim yn ddigon aeddfed i weld mai dynes unig oedd Baba Hyll.

Codais fy llaw arni'n dawel ac, am y tro cyntaf, gwelais yr emosiwn yn ei llygad glas.

Roedd hi'n crio.

PENNOD 10

Wedi gadael y llannerch, dechreuais redeg. I lawr at y
nant a dilyn llwybr y dŵr drwy'r coed. Mi gawn weld
Mam a Dad unwaith eto. Ew, mae'n rhaid eu bod nhw
wedi poeni'n ofnadwy amdana i erbyn hyn. Byddwn i
wedi bod ar y newyddion, mae'n siŵr. Byddai Cymru
gyfan wedi bod yn cadw llygad amdana i.

O fewn llai na phum munud dois o hyd i'r llwybr.
Arhosais yn stond am eiliad, mewn penbleth llwyr.
Fedrai'r bwthyn ddim bod mor agos â hyn at y llwybr!
Mi fyddai pobol wedi sylwi arno, wedi gweld y mwg yn
codi o'r simdde… Efallai mai llwybr gwahanol oedd o?
Ond na, medrwn weld y giât mochyn oedd yn arwain at
y llwybr dros y foel at Riwlas. Tu hwnt i'r giât roedd yr
hen gae lle byddai Mam yn hel llus bob blwyddyn. Ro'n
i wedi bod ar hyd y ffordd hon ganwaith o'r blaen.

Meddyliais am Baba Hyll yn y bwthyn ar ei phen
ei hun, yr un llygad glas yn crio. Mae'n siŵr ei bod
hi'n ofnadwy o unig. Do'n i ddim wedi bod yn fawr o
gwmni iddi, chwaith, a minnau â gormod o ofn i dynnu
sgwrs â hi. Am wastraff amser! Mi fyddwn i wedi medru
treulio'r amser yn dod i wybod mwy amdani, a dweud
wrthi amdana i fy hun.

Doedd hi ddim yn gwybod fy enw i, hyd yn oed.

Ysgydwais fy mhen, a dechrau ar fy ffordd yn ôl i fyny drwy'r coed ar hyd y nant mor gyflym ag y gallwn. Fedrwn i mo'i gadael hi yno, yn yr hen fwthyn tywyll ar ei phen ei hun bach. Byddwn i'n ffeindio ffordd... yn meddwl am ffyrdd i wella pethau iddi. Hen ddynes fusgrell oedd hi, nid hen wrach, a fedrwn i ddim gadael hen ddynes i bydru'n unig ar ei phen ei hun, waeth pa mor ddi-lun oedd hi.

Rhuthrais i fyny llwybr y nant, a throi i'r dde pan ddois yn agos at y bwthyn. Tu hwnt i'r coed, mi fyddai hi yno, ac mi fyddwn i'n medru...

Stopiais yn stond.

Yn lle bwthyn bach hyll yn y llannerch, safai hen adfail hynafol, a'r to wedi cwympo i mewn i'r tŷ. Roedd y drws a'r ffenestri wedi hen ddiflannu, a doedd dim arwydd o gwbl o'r cwt a drwsiais i'r diwrnod cynt.

Fedr hyn ddim bod.

'Baba... Heulwen!' gwaeddais, ond gwyddwn nad oedd hi yno. Doedd dim arwydd o unrhyw un yno, dim olion tân, dim byd ond chwyn yn tyfu drwy ddrws y bwthyn. Roedd hi'n amlwg nad oedd unrhyw un wedi byw yno ers blynyddoedd maith.

Wedi rhwbio fy llygaid droeon, camais yn araf at riniog y drws, ac edrych i mewn. Daliai'r bwrdd i sefyll ynghanol yr ystafell, ond roedd gwe pry cop a baw adar yn ei orchuddio, a sylwais fod un o'i goesau ar goll.

Roedd y gadair freichiau a'r gwely wedi'u troi, a doedd dim arwydd bod unrhyw un arall wedi bod ar gyfyl y lle, heblaw am fywyd gwyllt.

Ynghlwm wrth y gadair siglo ben i waered, roedd siâp lliw hufen, fel ysbryd. Blanced. Y flanced a roddais i Baba Hyll yn ystod y storm.

Cerddais o'r bwthyn, gan drio dyfalu beth oedd wedi digwydd. Mi wyddwn i un peth, ac ailadroddais y frawddeg wrth gerdded i lawr at y llwybr drwy'r goedwig.

Dydw i ddim yn coelio mewn gwrachod. Dydw i ddim yn coelio mewn gwrachod...

Wedi'r cyfan, beth oedd gwrachod ond hen ferched oedd ddim yn edrych fel roedd pobol yn disgwyl iddyn nhw wneud? Merched clên, merched unig efallai, a merched oedd yn haeddu cael eu galw wrth eu henwau iawn yn hytrach nag enwau gwneud, wedi'u codi o hen straeon dychrynllyd.

Agorais y giât mochyn, ac ochneidio wrth i mi groesi o gysgodion tywyll, oer y goedwig i mewn i wres braf yr heulwen.

Gyda hynny, daeth sŵn o'm poced. Y ffôn bach.

Brysiais i'w nôl, gan ddisgwyl gweld degau o negeseuon gan bobol yn crefu arna i ddod adre. Ond dim ond un neges oedd yno. Neges destun, gan Mam.

Lle wyt ti? x

Ffoniais rif y tŷ yn syth, yn siŵr y byddai llais Mam yn ddagreuol a blinedig am i mi fod ar goll cyhyd.

'Helô?'

'Mam!' Fedrwn i ddim rhwystro'r dagrau wrth i mi glywed ei llais. 'O! Mam!'

'Huw? Ti'n iawn, d'wad?' Doedd hi ddim yn swnio'n gryg nac yn flinedig. A dweud y gwir, doedd hi ddim yn swnio'n wahanol i'r arfer o gwbl.

'Dwi'n iawn, Mam! Dwi'n ocê!'

'Iesgob, Huw, wyt ti'n siŵr? Ti'n swnio braidd yn od.'

'Mam, dwi'n dod adre o'r diwedd!'

'O... Y tecst 'na sy'n dy boeni di? Dim harthio o'n i, boi, jest yn gweld ei bod hi'n amser swper bron. Ond paid â phoeni, mi gadwa i blât yn gynnes tan ddoi di adre.'

Roedd rhywbeth yn rhyfedd. Ro'n i wedi bod i ffwrdd ers dyddiau, a doedd Mam ddim fel petai wedi sylwi.

'Mam? Pryd oedd y tro dwytha i ni siarad?'

'Cwestiwn gwirion! Tua awr yn ôl oedd hi, yntê? Pan ffoniaist ti o dŷ Iolo, isho lifft...'

Ysgydwais fy mhen, yn methu'n lân â choelio'r peth. 'Awr yn ôl?'

'Ia. Gwranda, Huw, wyt ti wedi taro dy ben neu rwbath? Mi ddo' i i dy nôl di. Dwyt ti ddim yn swnio fel chdi dy hun.'

'Na, na, dwi bron adre, Mam. Wela i chi mewn munud.'

A'm calon yn drymio, a minnau'n benysgafn, gadawais y goedwig y tu ôl i mi, a dechrau am adre.

PENNOD 11

Fedra i ddim esbonio'r hyn a ddigwyddodd i mi yn y goedwig yr haf hwnnw, a fedra i ddim penderfynu a oedd Baba Hyll yn bodoli. Erbyn i mi gyrraedd adre, ro'n i wedi gaddo i mi fy hun na fyddwn i byth yn adrodd yr hanes wrth neb. Roedd o'n swnio mor wallgof, a byddai Mam a Dad yn poeni 'mod i'n colli arna i.

Er hynny, sylwodd fy rhieni fod rhywbeth o'i le, a dwi'n siŵr iddyn nhw boeni'n fawr amdana i am rai wythnosau. Ro'n i'n eu cofleidio nhw'n dynn, fel yr arferwn wneud pan o'n i'n hogyn bach, a wnes i ddim cwyno 'run gair pan ofynnon nhw i mi fynd â'r bìn allan neu olchi'r llestri. Wel, dim am rai wythnosau, beth bynnag.

Mi es i'n ôl i'r goedwig lawer gwaith yn yr wythnosau ar ôl i mi ddychwelyd o fwthyn Baba Hyll, ar fy mhen fy hun bob tro. Doedd gen i ddim mymryn o ofn erbyn hyn. A dweud y gwir, treuliais y rhan fwyaf o'r amser yn ysu am gael gweld Baba Hyll eto. Ond wnes i ddim. Roedd y bwthyn dal yn adfail, yr ywen a dyfodd ar ganol y llwybr wedi diflannu, ac er i mi chwilio a chwilio'r llwybr am lygad wedi'i wneud allan o briciau, a charreg lefn ddu yn gannwyll yn y canol, welais i erioed mohono eto.

Dyfeisiais stori – rhyw lol am brosiect ysgol dychmygol am goedwig Moelyci – fel esgus i holi hynafion y pentref. Doedd neb yn cofio unrhyw un yn byw yn y goedwig, a doedd enw Heulwen ddim yn canu cloch o gwbl. Cefais rybudd gan ambell un i beidio â chrwydro i'r goedwig, am fod hanes hen wrach unllygeidiog yn trigo yno. Byddai hynny wastad yn gwneud i mi feddwl am lygad glas Baba Hyll, yn crio wrth i mi adael.

Aeth y misoedd heibio, a dechreuais feddwl tybed a oeddwn i wedi dychmygu'r holl beth? Efallai i mi ddisgyn ar y llwybr a llewygu, a chael breuddwyd byw iawn. Ond yn fy nghalon, teimlai Baba Hyll a'i bwthyn bach yn y goedwig yr un mor real â 'mywyd bob dydd. Fedrwn i ddim rhoi'r gorau i goelio ynddi – byddai hynny'n ei bradychu, rywsut.

Bron i flwyddyn yn ddiweddarach, ar nos Wener lawog, daeth Mam adre i'r tŷ ar ôl noson allan, a hithau bron yn hanner nos. Ro'n i wedi bod yn hwylio am fy ngwely ers oriau, ond roedd Dad a minnau wedi dechrau gwylio ffilm, ac wedi methu peidio ag aros ar ein traed i weld be fyddai'n digwydd ar y diwedd.

'Gest ti noson dda?' gofynnodd Dad. Prin oedd Mam yn mynd allan o gwbl, ond roedd hi wedi bod mewn aduniad ysgol, ac wedi gwisgo'n smart iawn. Ciciodd ei sgidiau i ffwrdd cyn eistedd ar y gadair.

'Do, diolch. Peidiwch byth â gadael i mi wisgo sodlau uchel eto. Mae gen i swigen maint Sir Fôn ar fawd fy nhroed.'

Trois fy sylw yn ôl at y ffilm tra oedd Mam yn trafod pwy ddywedodd be yn lle efo Dad. Ond yna clywais un enw yn cael ei grybwyll, a throi fy sylw yn ôl at Mam.

'Pwy ddaeth ond Janet! Hi oedd yr un ddaru ddiflannu. Roedd pawb yn meddwl ei bod hi a'i mam wedi cael eu bwyta gan Baba Hyll.' Chwarddodd Mam. 'Wel, ma hi'n fyw ac yn iach ac yn gweithio mewn siop sgidia ym Mhwllheli.'

'Ond, be ddigwyddodd i wneud iddyn nhw ddiflannu dros nos fel 'na?' gofynnais yn syn.

'Ei nain hi oedd wedi mynd yn sâl, ac roedd angen rhywun i ofalu amdani'n syth bìn.' Dylyfodd Mam ei gên. 'Mae'n debyg nad ydi Baba Hyll yn bodoli, wedi'r cyfan. Mi ddeudais i, yn do?'

Gwenais yn drist, wrth feddwl am yr hogan fach yn y llun ym mwthyn Baba Hyll. Roedd Mam yn iawn. Doedd Baba Hyll erioed wedi bodoli. Ond yn rhywle, rhyw dro, roedd merch o'r enw Heulwen yn byw mewn bwthyn bach yn y goedwig, a fyddwn i byth yn anghofio amdani.

y Dyn Gwyrdd

Gareth F Williams

yLolfa

Alffi

Strach a helynt a PHOB DIM yn mynd o chwith!

M·C
xx

Mared Lewis

PEN YR
ENFYS

Leusa Fflur
Llewelyn

y Lolfa

pen
dafad

pen dafad
WEL, GYMRU FACH!
Iaith Caernarfon,
y Tymbl, Llan-hir –
iaith Cymru gyfan.
Yr un iaith ydi hi.
LLEUCU ROBERTS
y Lolfa

Am restr gyflawn o lyfrau'r Lolfa, mynnwch
gopi am ddim o'n catalog
neu hwyliwch i mewn i'n gwefan

www.ylolfa.com

lle gallwch archebu llyfrau ar-lein.

TALYBONT CEREDIGION CYMRU SY24 5HE
ebost ylolfa@ylolfa.com
gwefan www.ylolfa.com
ffôn 01970 832 304
ffacs 832 782